JN236111

明暗評釈

第一巻

第一章～第四十四章

鳥井正晴

和泉書院

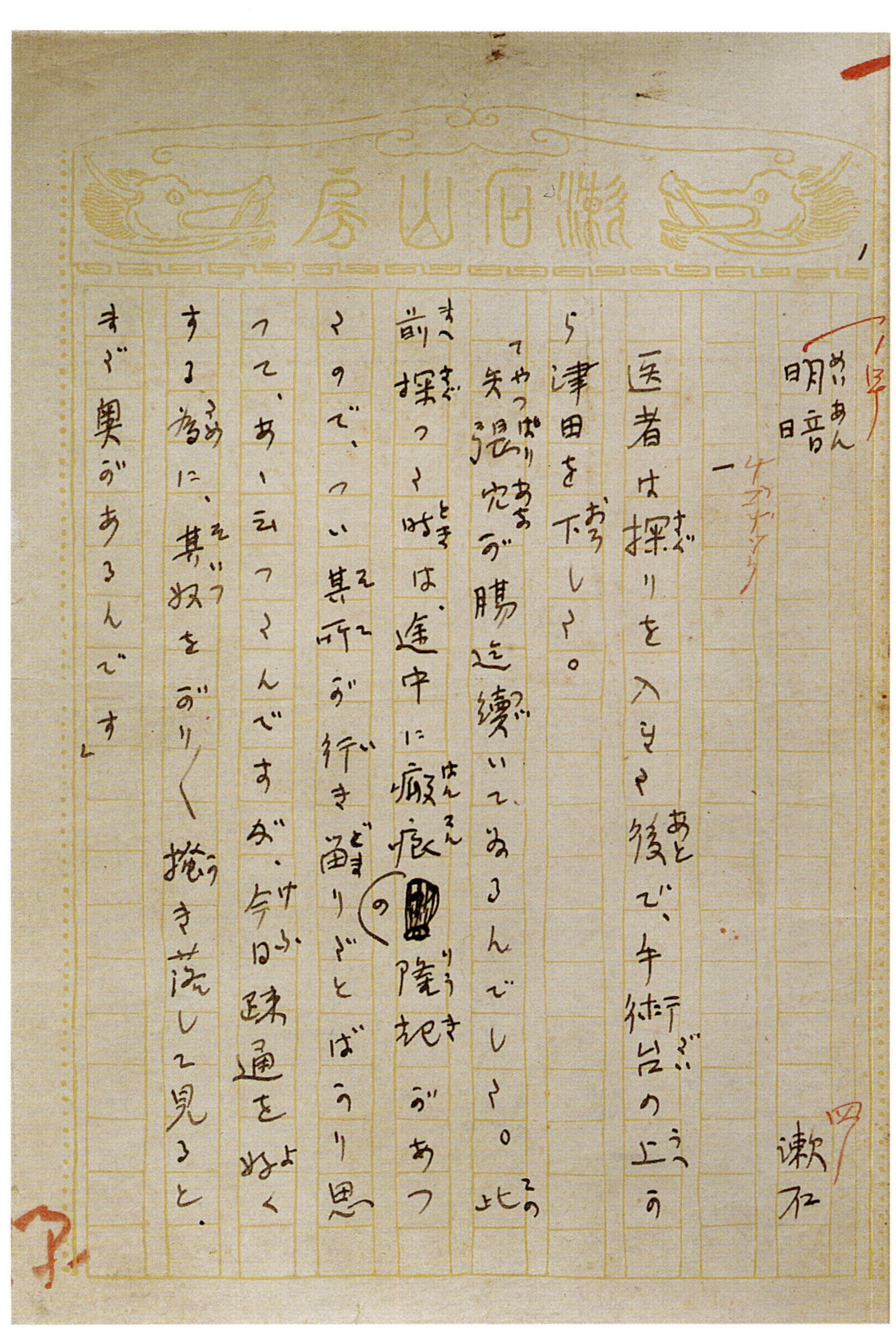

明暗　漱石

一

医者は探りを入れた後で、手術台の上から津田を下した。

矢張り穴が腸迄続いてゐるんでした。此前探つた時は、途中に瘢痕の隆起があつたので、つい其所が行き留りだとばかり思つて、あゝ云つたんですが、今日疎通をよくする為に、其奴をがりがり掻き落して見ると、まだ奥があるんです」

「明暗」冒頭原稿（山縣元彦氏蔵、日本近代文学館に寄託）

目次

凡　例

一、『明暗』の本文の引用は、岩波書店刊『漱石全集』第七巻（昭和四十一年六月二十三日第一刷発行／昭和五十　年六月　九日第二刷発行）に、拠った。
　但し、旧字体は新字体に改めた。

一、『明暗』以外の、漱石作品・書簡・日記・断片などの引用も、右『漱石全集』に、拠った。

一、『明暗』本文は、【　　】で、括った。

一、『明暗』本文に付した、○印は、著者（鳥井）である。

一、論文名は、〈　　〉で、括った。

一、論文の引用は、〈　　〉で、括った。引用Page数を明記した。

一、引用論文内の、（――括弧内は著者の註記）の断わりは、著者（鳥井）である。

一、「原稿」にも、初出「東京朝日新聞」・「大阪朝日新聞」にも、回数の漢数字だけで、「章」はない。
　判り易くするために、「章」を付した。

一、各章の、推定「執筆日」は、大正五年六月十日・第二十四章執筆を起点としての、推定である。

明暗評釈 第一巻

第一章〜第四十四章

第一章

五月　十八日起稿（推定）
大正五年（一九一六年）五月二十六日・「東京朝日新聞」
大正五年（一九一六年）五月二十五日・「大阪朝日新聞」

①

医者　（第一章）

㈠、①、第三章に、次の如く、ある。

【「今日帰りに小林さんへ寄つて診て貰つて来たよ」】

②、第四章に、次の如く、ある。

【「だつて小林さんは病院ぢやないつて何時か仰やつたぢやないの。みんな外来の患者ばかりだつて」
「病院という程の病院ぢやないが、診察所の二階が空いてるもんだから、其所へ入いる事も出来るようになつてるんだ」】

③、第二十九章に、次の如く、ある。

【小林は追い掛けて、其病院のある所だの、医者の名だのを、左も自分に必要な知識らしく訊いた。医者の名が自分と同じ小林なので　（中　略）】

物語は、津田の診察風景から、始まる。

津田は、「痔」の加療のために、小林医院に、通っている。

津田の疾病「痔」は、漱石自身の体験が、下敷きになっている。

漱石は、明治四十四年九月十四日、大阪朝日新聞社主催の関西での連続講演（八月十五日「現代日本の開化」於和歌山など）から、帰京する。帰京後、直ちに佐藤恒祐医師（神田区錦町・現　千代田区神田「佐藤診療所」）に、在阪時から異常のあった、「痔」の治療を受ける。以後、明治四十五年にかけて、往診と通院を繰り返し、数回の切開をする。

大正元年九月二十六日には、佐藤恒祐医師による「痔」の切開手術を受け、佐藤診療所に、十月二日まで入院する。

④、第四十一章に、次の如く、ある。

【津田は女に穢ないものを見せるのが嫌な男であつた。ことに自分の穢ない所を見せるは厭であつた。もつと押し詰めていふと、自分で自分の穢ない所を見るのでさへ、普通の人以上に苦痛を感ずる男であつた。】

人に「見せられない」、「穢ない所」であって、陰湿にして隠蔽性は、「痔」の性質性である。そして、「痔」は、文字通り、「寺」（死後）まで持ち越す、厄介な「疾病」である。

就いては、津田の、肉体の病気「痔」は、津田の、精神の「在り様」の、隠喩である。

２

津田	（第一章）

㈠、津田由雄。年齢三十歳。勤め人。

①、第二十五章に、次の如く、ある。

【「お金さん由雄（よしお）さんによく頼んでお置きなさいよ。　（中　略）」】

②、第十章に、次の如く、ある。

【「ぢや申し上ます。実は三十です」】

③、第九章に、次の如く、ある。

【翌日津田は例の如く自分の勤め先へ出た。　（中　略）
又自分の机の前に立ち戻つた。さうして其所で定刻迄例の如く事務を執つた。
時間になつた時、彼は外の人よりも一足後れて大きな建物を出た。】

㈡、小林信彦の、〈小説世界のロビンソン 新聞小説の効用Ⅰ〉（『波』、新潮社、昭和六十二年（一九八七年）十月）
に、次の指摘が、ある。

第　一　章

＜「明暗」の第一回を見てみると、主人公である〈津田〉の名前が、うるさいほど、眼につく。第二回は、さすがに、〈彼〉だけであるが――これは他の人物が出てこず、津田の心象風景のみだから――、第三回では、ふたたび、〈津田〉の名が連呼される、というわけで、読者が、津田やお延や吉川夫人や清子の名前を諳んじてしまうのは、自然なのである。（P.33）＞

③

「矢張穴が腸迄続いてゐるんでした。此前探つた時は、途中に瘢痕の隆起があつたので、つい其所が行き留りだとばかり思つて、あゝ云つたんですが、今日疎通を好くする為に、其奴をがり〳〵掻き落して見ると、まだ奥があるんです」

（第一章）

㈠、①、明治四十四年十一月二十日の、漱石の「日記」に、次の如く、ある。

＜佐藤さんの所で又肛門の切開部の出口をひろげる。がり〳〵掻く音がした。今度は思ふ存分行つたといふ。看護婦も是で本当に済みましたといふ。然し深さは五分程まだある。此先癒るとしてもまだ二三度はこんな思ひをしなければならないかも知れない。余程たちの悪い痔と見える。＞

②、明治四十四年十二月四日の、漱石の「日記」に、次の如く、ある。

＜此朝佐藤さんへ行つて又痔の中を開けて疎通をよくしたら五分の深さと思つたものがまだ一寸程ある。途中に瘢痕が瘤起してゐたのを底と間違へてゐたのださうで、其瘢痕を掻き落してしまつたら一寸許りになるのださうである。しかも穴の方向が腸の方へ近寄つてゐるのだから腸へつゞいてゐるかも知れないのが甚だ心配である。凡て此穴の肛門に寄つた側はひつかゝれたあとが痛い。反対の方は何ともない。＞

4 今日 （第一章）

大正三年の、秋の、或る「水曜日」から、小説は、始まる。

㈠、第三十九章に、【「だつて貴方今日は日曜よ」】と、ある。

この第三十九章・「日曜日」は、小説の第五日目に当たる。ここから逆算して、物語の第一日目は、水曜日である。

㈡、①、第十三章に、次の如く、ある。

【彼は身に薄い外套を着けてゐた。季節からいふと寧ろ早過ぎる瓦斯煖炉の温かい焔をもう見て来た。】

第一章

②、第三十三章に、次の如く、ある。

【「日中は暖かだが、夜になると矢張り寒いね」
「うん。何と云つてももう秋だからな。実際外套が欲しい位だ」】

㈢、第五十二章に、次の如く、ある。

【継子が下を向いた儘くすくす笑つた。戦争前後に独逸を引き上げて来た人だといふ事丈がお延に解つた。】

継子の、「お見合い」の席上で、相手である「三好」の、「独逸を逃げ出した話」（第五十二章）が、話題になっている。

第一次世界大戦は、大正三年（一九一四年）七月二十八日に始まり、大正七年（一九一八年）十一月の、ドイツの降伏をもって終結する。

日本は、勃発一カ月後の、大正三年八月二十三日、ドイツに宣戦布告し、第一次世界大戦に参戦する。

従って、作品の時間・「小説現在」は、第一次世界大戦の勃発前後、即ち、「大正三年」と考えられる。

5

まだ奥があるんです

（第一章）

(一)、①、第百三十四章に、次の如く、ある。

【然し是は寧ろ一般的の内情に過ぎなかつた。もう一皮剝いて奥へ入ると、底にはまだ底があつた。津田と吉川夫人とは、事件が此所へ来る迄に、他人の関知しない因果でもう結び付けられてゐた。】

②、第百四十二章に、次の如く、ある。

【もう一歩夫人の胸中に立ち入つて、其真底を探ると、飛んでもない結論になるかも知れなかつた。彼女はたゞお延を好かないために、ある手段を拵へて、相手を苛めに掛るのかも分らなかつた。】

③、第九十六章に、次の如く、ある。

【其癖口では双方とも底の底迄突き込んで行く勇気がなかつた。】

(二)、建物の「構造」についても、同様に、「まだ奥がある」ことが、云われている。

①、第百七十三章に、次の如く、ある。

【「まだ下にもお風呂場が御座いますから、もし其方の方がお気に入るやうでしたら、何うぞ」

来る時もう階子段を一つか二つ下りてゐる津田には、此浴槽の階下がまだあらうとは思へなかつた。

「一体何階なのかね、此家は」

下女は笑つて答へなかつた。】

第一章

②、第百七十九章に、次の如く、ある。

【彼は、全身を温泉に浸けながら、如何に浴槽の位置が、大地の平面以下に切り下げられてゐるかを発見した。さうして此崖と自分のゐる場所との間には、高さから云つて随分の相違があると思つた。彼は目分量で其距離を一間乃至二間と鑑定した後で、もし此下にも古い風呂場があるとすれば、段々が一つの家の中に幾層もある筈だといふ事に気が付いた。】

この「まだ奥があるんです」「奥へ入ると、底にはまだ底があつた」「其真底を探ると」「底の底」「まだ下にも」「階下がまだあらうとは」「幾層もある」――には、『明暗』という作品世界の質量が、よく象徴されている。「人間」のことは、「心」のことは、実は、奥には奥があり、底にはまだ底があり、幾層にも重層をなしている。

その「人間」の内奥に、その「心」の内奥に、『明暗』の作者は、確かな測鉛を降ろしていく。

「まだ奥があるんです。そうしてそれが腸まで続いている」という、津田の「痔」という病気の設定は、『明暗』という極度に「心理小説」において、うってつけであった。

6

「御気の毒ですが事実だから仕方がありません。医者は自分の職業に対して虚言を吐く訳に行かないんですから」といふ意味に受取れた。

（第一章）

㈠、①、第三十章に、次の如く、ある。

【「是ばかりは妙なものでね。全く見ず知らずのものが、一所になつたところで、屹度不縁になるとも限らないしね、又いくら此人ならばと思ひ込んで出来た夫婦でも、末始終和合するとは限らないんだから」

叔母の見て来た世の中を正直に纏めると斯うなるより外に仕方なかつた。此大きな事実の一隅にお金さんの結婚を安全に置かうとする彼女の態度は、弁護的といふよりも寧ろ説明的であつた。】

②、同じく、第三十章に、次の如く、ある。

【「議論にならなくつても、事実の上で、あたしの方が由雄さんに勝つてるんだから仕方がない。色々選り好みをした揚句、お嫁さんを貰つた後でも、まだ選り好みをして落ち付かずにゐる人よりも、此方の方が何の位真面目だか解りやしない」】

③、第六十四章に、次の如く、ある。

【彼女を失意にする覿面の事実で破壊されべき性質のものであつた。（中　略）結婚前千里眼以上に彼の性質を見抜き得たとばかり考へてゐた彼女の自信は、結婚後今日に至る迄の間に、明らかな太陽に黒い斑点の出来るやうに、思ひ違ひ疳違の痕迹で、既に其所此所汚れてゐた。】

④、第八十三章に、次の如く、ある。

【愛する人が自分から離れて行かうとする毫釐の変化、もしくは前から離れてゐたのだといふ悲しい事実を、今になつて、そろ〳〵認め始めたといふ心持の変化。それが何で小林如きものに知れよう。】

⑤、第百一章に、次の如く、ある。

【「嫂さんと一所になる前の兄さんは、もつと正直でした。少なくとももつと淡泊でした。私は証拠のない事を云ふと思はれるのが厭だから、有体に事実を申します。だから兄さんも淡泊に私の質問に答へて下さい。兄さんは嫂さんをお貰ひになる前、今度のやうな嘘をお父さんに吐いた覚がありますか」

此時津田は始めて弱つた。お秀の云ふ事は明らかな事実であつた。然し其事実は決してお秀の考へてゐるやうな意味から起こつたのではなかつた。津田に云はせると、たゞ偶然の事実に過ぎなかつた。】

⑥、第百三十八章に、次の如く、ある。

【「さう勝手に認定されてしまつちや堪りません」

「私がいつ勝手に認定しました。私のは認定ぢやありませんよ。事実ですよ。貴方と私丈に知れてゐる事実を云ふのですよ。事実ですもの、それをちやんと知つてる私に隠せる訳がないぢやありませんか、いくら外の人を騙す事が出来たつて。それもあなた丈の事実ならまだしも、二人に共通な事実なんだから、両方で相談の上、何処かへ埋めちまはないうちは、記憶のある限り、消えつこないでせう」】

⑦、第百六十二章に、次の如く、ある。

【「又下らない事を云つて、——馬鹿にするな」

「事実を云ふんだ、馬鹿にするものか。君のやうに女を鑑賞する能力の発達したものが、芸術を粗末にする訳がないんだ。ねえ原、女が好きな以上、芸術も好きに極つてるね。いくら隠したつて駄目だよ」】

⑧、第百六十七章に、次の如く、ある。

【「僕に云はせると、是も余裕の賜物だ。僕は君と違つて飽く迄も此余裕に感謝しなければならないんだ」

「飽く迄も僕の注意を無意味にして見せるといふ気なんだね」

「正直の所を云へば、まあ其所いらだらうよ」

「よろしい、何方が勝つかまあ見てゐろ。小林に啓発されるよりも、事実其物に戒飭される方が、遥かに覿面で切実で可いだらう」

是が別れる時二人の間に起つた問答であつた。（中　略）

是で幾分か溜飲が下りたやうな気のした津田には、相手の口から出た最後の言葉などを考へる余地がなかつた。彼は理非の如何に関はらず、意地にも小林如きものの思想なり議論なりを、切つて棄てなければならなかつた。】

⑨、第百八十三章に、次の如く、ある。

【突如として彼女が関と結婚したのは、身を翻がへす燕のやうに早かつたかも知れないが、それはそれ、是は是であつた。二つのものを結び付けて矛盾なく考へようとする時、悩乱は始めて起るので、離して眺めれば、甲が事実であつた如く、乙も矢ツ張り本当でなければならなかつた。】

⑩、百八十六章に、次の如く、ある。

【「私の胸に何にもありやしないわ」

単純な此一言は急に津田の機鋒を挫いた。同時に、彼の語勢を飛躍させた。

「なければ何処から其疑ひが出て来たんです」

「もし疑ぐるのが悪ければ、謝まります。さうして止します」

「だけど、もう疑つたんぢやありませんか」

「だつてそりや仕方がないわ。疑つたのは事実ですもの。其事実を白状したのも事実ですもの。いくら謝まつたつて何うしたつて事実を取り消す訳には行かないんですもの」

「だから其事実を聴かせて下されば可いんです」

「事実は既に申し上げたぢやないの」

「それは事実の半分か、三分一です。僕は其全部が聴きたいんです」】

『明暗』には、「事実」という用語が頻出し、しかも、重い意味が荷なわされている。

(二)、相原和邦の、〈到達期の核 ── 「実質の論理」と「相対把握」〉(『漱石文学の研究 ─ 表現を軸として ─ 』、明治書院、昭和六十三年(一九八八年)二月)に、次の見解が、ある。
〈漱石文学を表現に即して追求するとき、これまでの論及が集中しているのは、「天」および「自然」という語についての考察である。これらの用語の重要さはいうまでもないが、晩年の漱石文学には、これらと相並ぶ重量を持つものとして、「論理」「事実」「真実」等に代表される一群の用語が頻出している。これは「実質の論理」の探求と密接な関わりを持つ。また、「天」や「自然」の語が超越的な世界を志向するのに対し、これらの用語はあくまでも「実在」に即し「実在」の奥底をきわめようとする点でいわば地上的な志向であり、「実在」追求を主眼とする近代小説にとってきわめて重要な鍵を秘めているものだといえよう。(P.363)〉

そして、相原和邦は(右論文で)、「事実」という用語の用例数が、『こゝろ』に於いての二十一回、『道草』に於いての二十八回と比較して、『明暗』に於いては九十五回にも上り、その内、四十二回は、「重要な用法をなす語」として使用されていると、指摘する。

7 根本的の手術・根本的の治療　（第一章）

女主人公である、お延の、精神の「在り様」に対しても、「療治」という言葉が、使われている。

㈠、①、第百三十四章に、次の如く、ある。

【（中　略）　私は根から先へ療治した方が遥かに有効だと思ふんです。　（中　略）
夫人のいふ禍の根といふのは慥にお延の事に違なかつた。では其根を何うして療治しようといふのか。肉体上の病気でもない以上、離別か別居を除いて療治といふ言葉は容易く使へるものでもないのにと津田は考へた。】

②、第百四十二章に、次の如く、ある。

【（中　略）　私に云はせると、是程好い療治はないんですがね。　（中　略）
（中　略）　まあ見て入らつしやい、私がお延さんをもつと奥さんらしい奥さんに屹度育て上げて見せるから」
（中　略）　お延の教育。――斯ういふ言葉が臆面もなく彼女の口を洩れた。　（中　略）

「あの方は少し己惚れ過ぎてる所があるのよ。それから内側と外側がまだ一致しないのね。上部は大変鄭寧で、お腹の中は確かりし過ぎる位確かりしてゐるんだから。それに利巧だから外へは出さないけれども、あれで中々慢気が多いのよ。だからそんなものを皆んな取つちまはなくつちや……」】

(二)、『明暗』は、「則天去私」というイデー（理念）の顕現化であると云う、小宮豊隆・唐木順三に代表される、見解が、ある。

①、小宮豊隆の、〈『明暗』〉（『漱石の芸術』所収、岩波書店、昭和十七年（一九四二年）十二月）の、次の見解で、ある。

〈津田が果して小林のいふやうに、「事実其物に戒飭される」ものかどうかは、『明暗』が未完成のままで終つてゐるのだから、確実には分からない。然し『明暗』全篇に与へられた傾斜から考へると、小林の予言は、同時に作者の予言であり、最後に津田が「事実其物」によつて「覿面」に「切実」に「戒飭される」事は、殆んど疑ふべからざる事実であつたやうに思はれる。さうでもしなければ津田は、津田の業から救抜される期が、竟にないのではないかと思はれるのである。（P.322）〉

②、更に、小宮豊隆の、〈解説〉（新書版『漱石全集』第十五巻、岩波書店、昭和三十一年（一九五六年）十二月）の、次の見解で、ある。

〈漱石が死んでしまつたし、結末を想像させるやうなノートは何も残されてゐないのだから、我我には正確なことは分からない。ただ吉川夫人が津田に約束したやうに、夫人が津田の留守にお延を「奥さんらしい奥さんに」教育しようとして、仮にお延に、津田と清子との関係を打ち明け、津田が今行つてゐる湯河原の宿屋は清子の泊つてゐる宿屋であるなどといふやうなことを話して聞かせるとしたら、「生きて丶人に笑はれる位なら、一層死んでしまつた方が好い」と考へ、自分の亭主の為めに近いうち「何時か一度此お肚の中に有つてる勇気を、外へ出さなくつちやならない日が来るに違ない」といふ予感を抱いてゐるお延が、それに対してどういふ反応を示すかは、およそ想像のつくことではないかと思ふ。さうしてそれによつて小林が言つたやうに、津田が覿面に切実に「事実其物に戒飭される」といふことになるのだとすれば、更にその想像は明確なものにしぼられて来る筈である。さうして津田の精神的な病気が「結核性」でなかつたとすれば、天もしくは自然が、人間の手を借りて津田に加へた「根本的の手術」は、慥かに成効することになるに違ひないのである。(P.252)〉

㈢、唐木順三の、〈『明暗』論〉(『夏目漱石』所収、国際日本研究所、昭和四十一年(一九六六年)八月)の、次の見解で、ある。

〈だが最初の一行の最初の言葉としてでてくる「医者」には千鈞の重みがある。医者は作者自身である。津田といふ『明暗』の主人公は、作者の手術台の上にのせられてゐる。「手術台の上から津田を下した」であつて、「津田は手術台の上から降りた」のではない。(P.122)　(中　略)

医者と津田との関係は、作者と津田の関係である。漱石は津田の事実を知りつくしてゐる。津田が苦笑しても失望しても知りつくしてゐる。作者にとってこの主人公は、いわば自家薬籠中のものである。主人公が作者を裏切つて勝手に行動することは万々ない。主人公が作者をひきずることは、『明暗』においてはないのである。(P.124)　(中略)　医者は津田を診察てしまつてゐるのである。津田の病気は悪質な結核性ではない、根本的な手術さへすれば治療可能である。穴の奥のかくれたところを、少々痛い思ひをしても切り開きさへすればよい。それが医者の、また作者の診断である。「たゞの診断で分るんですか」といふ津田の問ひは尤である。自分の直覚や勘が当にならなかつたり、不安であつたりする限り尤である。「えゝ、診察た様子で分ります」といふ答へには何の不安もない。津田に関する限り、作者の直覚は神の如しといつてよい。これは長い経験から来てゐる。経験と失敗を経ての明察である。暗を経ての明である。暗↓明である。然し現在の医者の立場からいへば、明↓暗である。暗の中に患者の津田がゐる。津田は暗↓明、病気↓治癒といふ経路をとらねばならない。しかし病源が解つてゐる医者からみれば、明へ出ることに疑ひはない。かくして『明暗』一篇は津田の精神更生記であることが、その第一節において約束された。(P.128)

(中　略)

吉川夫人の意図と津田の清子との再会、小林と津田との問答、小林と延子との問答、この三つをつなげてみると、『明暗』の最後に起つてくることが、容易ならない渦を巻き起すであらうといふ予感は当然である。清子も「事実」を言ひ、吉川夫人も「事実」を言ひ、小林もまた「事実」を言つてゐる。事実に対する解釈の色合ひは各違ふであらう。各自の解釈とそれに伴ふ目標は違ふにせよ、外側の体裁ではないもの、内側のものがいま外に出ようとしてゐることは事実である。津田の更生のためには、なお幾多の曲折と思はぬ出来事が起るだらうといふ予測はまぬがれない。だが結局は外側と内側とが一致し、私といふ我意をもたない清子の存在がやがて大写しに出てくるに違ひないやうに思ふ。『明暗』は色々に、つみかさねてきた伏線が、ひとつところに集中して、これから読者にとつて思ひもかけぬ展開を示すことにならうという頂点で途切れてしまつたわけである。(P.152)＞

㈣、作品冒頭に、『明暗』の結末を予測する、右の小宮豊隆・唐木順三に対して、たとえば、三好行雄の、反対の見解が、ある。

三好行雄の、〈『明暗』の構造〉（『講座夏目漱石』第三巻、有斐閣、昭和五十六年（一九八一年）十一月）の、次の見解で、ある。

〈たとえば唐木順三は冒頭の三節に『明暗』のモチーフは鮮明だとする。津田の痔瘻が結核性ではないから、根本的な手術をほどこせば治癒するという医師のことばを重要な伏線と見て、「『明暗』の最後に起つてくることが、容易ならぬ渦を巻き起」こし、「人間の外側と内側とが一致し、私といふ我意をもたない清子の存在が大写しに出てくる」という予測をたてる。『明暗』を「津田の精神更生記」として読むわけだが、この立場は基本的には小宮豊隆のそれと一致している。かりに吉川夫人が真相をお延に打明けたとしたら、お延はどう反応するか。お延はかねて「生きてゝ人に笑はれる位なら、一層死んでしまつた方が好い」と公言し（八十七）、夫のために「何時か一度此お肚の中に有つてる勇気を、外へ出さなくつちやならない日が来るに違いない」ことを予感している（百五十四）。小宮はこれをひとつの伏線と見て、お延の死を暗示しながら、「津田が覿面に切実に『事実其物に戒飭される』」、「天もしくは自然が、人間の手を借りて津田に加へた『根本的の手術』は、慥かに成効する」と断言する。両氏の論は『明暗』が則天去私の具現をめざした作品であるとの共通の認識のうえに立っている。（P.277）　（中　略）

唐木順三の説くように、冒頭の津田と医師との対話が、以後の展開にきわめて象徴的な意味をもつことは認めていい。しかし、医師を漱石に擬して、「根本的な手術を一思ひに遣るより外に仕方がありません」、そうすれば「結核性ぢやありません」からかならず癒りますという診断に、津田を「自家薬籠中」のものとした漱石の確信までを読むことが果して可能か。かりにそうだとしても、第三節にはつぎのような一節もある。

「厭ね、切るなんて、怖くつて。今迄の様にそつとして置いたつて宜かないの」

「矢張医者の方から云ふと此儘ぢや危険なんだらうね」

「だけど厭だわ、貴方、もし切り損ないでもすると」

細君は濃い恰好の好い眉を心持寄せて夫を見た。

お延は結核性ではないという診断の当否までをうたがっているわけではない。しかし、医者が手術に失敗しないという保証はどこにもないのである。現に「行き留りだとばかり」思ったそこに、まだ奥があったという判断の誤りをかれは津田に告げている(一)。眉をひそめたお延の表情はいぜんとして残るのである。

『明暗』では緻密に張られた伏線さえもが相対化される。「自分の批判は殆んど当初から働らかないし、他の批判は耳へ入らず、また耳へ入れやうとするものもない」(百三十七)吉川夫人が、そのゆえに肥大した自信をふりかざして試みようとする「お延の教育」(百四十二)の成功と、お延がいつか夫のために使うはずの「お肚の中に有つてる勇気」(百五十四)の効果のいずれを作者が選ぶかはまだ読みとれない。「小林に啓発されるよりも、事実其物に戒飭される方が、遥かに覿面で切実で可いだらう」(百六十七)という小林の予言を信じる自由と同時に、「今に君が其所へ追ひ詰められて、何うする事も出来なくなつた時に、僕の言葉を思ひ出すんだ。思ひ出すけれども、ちつとも言葉通りに実行は出来ないんだ」(百五十八)という小林の別の予言をとる自由も読者に残されるのである。最後まで意識の人として、実行家へは転じえない津田の限界が指摘されるわけで、これはまた津田が決して変ることはない、つまり、かれの更生は所詮不可能との判断に読者をみちびくのである。『門』で、宗助とお米のあの仲の良い夫婦にさえ「結核性の怖ろしいもの」が胸のなかに巣くっている、と漱石は書いていた。確かに、『明暗』の作者には我執を「結核性の怖ろしいもの」と同一視する認識は無さそうである。だとしても、伏線の問題としてなら医師の誤診はありうる。すくなくとも、みずからの診断を疑うことをしない医師は、漱石と等身大ではない。(P.290)〉

8　八百五十倍の鏡の底に映つたもの　（第一章）

㈠、明治四十四年十二月六日の、漱石の「日記」に、次の如く、ある。

〈佐藤さんの処へ行つたら細菌とはこんなものですと云つて八百五十倍の顕微鏡を見せられて、着色のものだから丸で図にした様なものである。かいこの種の様にかたまつてゐた。是は葡萄状の細菌ださうである。外に桿状といふのもあるさうだ。淋病のは不染質が中央にあるため染めると二つに見えるさうである。〉

㈡、猪野謙二の、〈『明暗』における漱石 ― 虚無よりの創造 ―〉（『明治の作家』所収、岩波書店、昭和四十一年（一九六六年）十一月）に、次の指摘が、ある。

〈極度にとぎ澄まされた精巧なレンズのような彼の眼が、人間心理の細かな襞々を執拗にあとづけ、人間と人間が互いに加えあう刺戟とそれにもとづく反応とをつきとめてゆく。その言葉と言葉とが嚙みあうことによっていわば自動的に発展する人間関係の不可思議さがある。（P.153）〉

㈢、篠田浩一郎の、〈『破戒』と『明暗』〉（岩波新書『小説はいかに書かれたか ― 『破戒』から『死霊』まで―』、岩波書店、昭和五十七年（一九八二年）五月）に、次の指摘が、ある。

＜『明暗』という漱石のさいごの小説で企てられているのは、作中人物たちの内部に世界を限定して彼らの心理を追うことに徹底することであった。その意味で冒頭に顕微鏡からのぞきこんだおりの細菌が示されるのは象徴的であり、この小説の総体が人間心理の微細な動きを八百五十倍に拡大していままでの心理小説の境を越えようという野心がそこにあると考えることができる。(P.34)＞

人間の心理を、八百五十倍までに拡大させて見せる、『明暗』の、すぐれて心理小説であることが、比喩、約束される。

第二章

五月　十九日執筆（推定）

大正五年（一九一六年）五月二十七日・「東京朝日新聞」

大正五年（一九一六年）五月二十六日・「大阪朝日新聞」

①

鎖を切つて逃げる事が出来ない時に犬の出すやうな自分の唸り声が判然聴えた。（第二章）

㈠、第百七十二章に、次の如く、ある。

【御者は先刻から時間の遅くなるのを恐れる如く、止せば可いと思ふのに、濫りなる鞭を鳴らして、しきりに瘦馬の尻を打つた。失はれた女の影を追ふ彼の心、其心を無遠慮に翻訳すれば、取りも直さず、此瘦馬ではないか。では、彼の眼前に鼻から息を吹いてゐる憐れな動物が、彼自身で、それに手荒な鞭を加へるものは誰なのだらう。】

2

突然　（第二章）

㈠、①、第百三十九章に、次の如く、ある。

【「突然関さんへ行つちまつたのね」
「えゝ、突然。本当を云ふと、突然なんてものは疾の昔に通り越してゐましたね。あつと云つて後を向いたら、もう結婚してゐたんです」】

②、第百八十三章に、次の如く、ある。

【突如として彼女が関と結婚したのは、身を翻がへす燕のやうに早かつたかも知れないが、それはそれ、是は是であつた。】

清子の離叛は、津田にとって、全き「突然」な行為であった。

㈡、①、第百七十二章に、次の如く、ある。

【一方には空を凌ぐほどの高い樹が聳えてゐた。星月夜の光に映る物凄い影から判断すると古松らしい其木と、突然一方に聞こえ出した奔湍の音とが、久しく都会の中を出なかつた津田の心に不時の一転化を与へた。彼は忘れた記憶を思ひ出した時のやうな気分になつた。

「あゝ世の中には、斯んなものが存在してゐたのだつけ、何うして今迄それを忘れてゐたのだらう」

不幸にして此述懐は孤立の儘消滅する事を許されなかつた。津田の頭にはすぐ是から会ひに行く清子の姿が描き出された。】

②、第百七十五章に、次の如く、ある。

【彼はすぐ水から視線を外した。すると同じ視線が突然人の姿に行き当つたので、彼ははつとして、眼を据ゑた。然しそれは洗面所の横に懸けられた大きな鏡に映る自分の影像に過ぎなかつた。（中　略）

是が自分だと認定する前に、是は自分の幽霊だといふ気が先づ彼の心を襲つた。】

③、第百七十六章に、次の如く、ある。

【ひつそりした中に、突然此音を聞いた津田は、始めて階上にも客のゐる事を悟つた。といふより、彼は漸く人間の存在に気が付いた。（中　略）

「誰でも可い、来たら方角を教へて貰はう」（中　略）

其時彼の心を卒然として襲つて来たものがあつた。

「是は女だ。然し下女ではない。ことによると……」

不意に斯う感付いた彼の前に、若しやと思つた其本人が容赦なく現はれた時、今しがた受けたより何十倍か強烈な驚ろきに囚はれた津田の足は忽ち立ち竦んだ。】

④、第百七十七章に、次の如く、ある。

第　二　章

【彼には不意の裡に予期があり、彼女には突然の中にたゞ突然がある丈であつたからとも云へた。】

小説の後半部、津田は、清子に逢うために、「旅」に出る。

「旅」に出る・第百六十七章を境として、第一部（一章~百六十七章）と、第二部（百六十七章~百八十八章）に、分けるとすると、小説の第二部において、「突然」と云う語が、再び重い指標を担って、頻出する。

「突然」について、後藤明生、清水孝純、高木文雄に、問題提起がある。以下、三氏の見解を、並列する。

㈢、後藤明生の、〈「都市小説」――あるいはフィクションのフィクション〉（『文学が変るとき』所収、筑摩書房、昭和六十二年（一九八七年）五月）に、次の見解が、ある。

〈横光利一は「純粋小説論」（一九三五年）の中で、『罪と罰』における「偶然」の多発を指摘しているが、『罪と罰』に限らず、ドストエフスキーの小説には「偶然」と「突然」が氾濫している。実際、『罪と罰』には「突然」が「五百六十回」出て来ると勘定した研究家さえいる。その意味では横光の指摘は正しい。ただ、その「偶然性」を横光は、「感傷性」とともに「通俗小説の二大要素」と書いているが、わたしはドストエフスキーにおける「偶然」と「突然」は、通俗小説ではなくて、「都市小説」の要素だと考えている。

『罪と罰』は一八六六年（明治元年の二年前――括弧内は著者の註記）に完成した。ロシアの農奴解放は一八六一年で、解放された農奴たちは下級労働者となって、どっとペテルブルグに流れ込んだ。『罪と罰』の舞台であるセンナヤ広場界隈は、それらの流れ者、ヨソ者の吹きだまりで、ラスコーリニコフが殺害した金貸し老婆のアパートには、あらゆる種類の下級職人、料理女、売春婦、ドイツ人、下級官吏などが住んでいる。

『罪と罰』はさながら、ペテルブルグにおけるそれら〝根なし草族〟のカタログともいえるが、彼らはお互いに

〝過去〟を知らない〝他者〟同士であり、ロシアじゅうからペテルブルグに漂着した「偶然」の隣人に過ぎない。都市とは、そもそもそのような「偶然の隣人」による共同体であって、ドストエフスキー作品における「偶然」や「突然」が、都市小説の要素であるというのは、そういう意味である。（P.24）＞

㈣、清水孝純の、＜『明暗』キー・ワード考 ―― 〈突然〉をめぐって ――＞（『漱石 その反オイディプス的世界』所収、翰林書房、平成五年（一九九三年）十月）に、次の見解が、ある。

＜いうまでもなく、〈突然〉という言葉は、日常生活において普通に使用される表現であって、それはその限りにおいて、われわれの予想を超えて出現した事態に向って発せられる驚きの表現にすぎない。しかし、この平凡な言葉が、特別な意味を負荷される場合がある。例えば、禅宗において、悟りは常に〈突然〉やってくるのであり、この場合、〈突然〉は深く神秘的な意味を帯びてくる。それは登りつめた論理の絶巓から、不可視の絶対への一刹那の挑躍（ママ）であり、しかも、きわめて体験的なものというべきものだろう。この体験は、言語道断という点で、他人の体験と通約不可能であり、従って覚者の生と深くかかわる。〈突然〉とは、まさしくそのような覚者にとっての、一回的な絶対性を秘めた表現なのだ。

『罪と罰』においても〈突然〉という表現が頻用されていることが、既に多くの研究者によって指摘されている。この場合にも、〈突然〉は、主人公ラスコーリニコフの存在と深く結びついた特殊な意味をもって現われている。いわば、主人公の内部での他者の出現、他者 ―― すなわち分身的他者の出現のありようとかかわる。それは、つねに、〈突然〉あらわれてきて、主人公を予想外の行為へと衝き動かす。（P.284）　（中　略）

「突発した」という言葉と、「どつと後から」以下の表現のそれぞれがあらわす〈突然性〉をひとしなみに扱うことは出来ないだろう。「突発した」は、肉体上の出来事とはいえ一応津田の心の外部の出来事の様態であり、後者の表現は、津田の心の内部の一事件である。これは認識の〈突然性〉の表現である。肉体上の突発事件から、「此肉体はいつ何時どんな変に会はないとも限らない」といった感慨がひき出されることはわかる。しかし、そこから「精神界も同じ事だ」という類推に展開するのに、なぜ、「どつと後から突き落すやうな勢で」というような、〈突然性〉の表現が必要だったのか、恐らくこれは、先に述べた禅の悟得の場合と同じように、深く体験的なひとつの啓示だからであろう。だからこそ、「其変る所を己は見たのだ」という言葉が付け加えられたのだ。(P.289)　(中　略)

〈突然〉が人間を瞬間的にパニックに陥し入れ、何らかの形で人間を歪め変容することが可能なのは、人間にこわばりがある場合だろう。こわばりはこだわりといいかえてもいいし、自己防御の念、利己心、虚栄心、いろいろいい換えられようが、そうした既成の観念の世界に囚われている人間は、事態の突然の出現によって、瞬間的なパニックに陥入る。既成の観念へのこだわりは、彼をして事態に率直に順応させず、そこにおいて自我はゆがみ、ある場合には分裂する。理知は、新しい事態を、己れの裡に率直にとりこむことが出来ず、結局〈突然〉出現したものは、自我の亀裂に落ちこみ、謎として止まり、彼の心を長く圧する憑依となるだろう。運命の突然の襲来、身近なものの死の予想外の出来、それらが人間の魂にいかに憑依としての深い印刻を残すかについてはすでに先の『こゝろ』論で考察した所であった。(P.326)〉

㈤、高木文雄の、〈『明暗』の語り手〉(『漱石文学の支柱』所収、審美社、昭和四十六年(一九七一年)十二月)に、次の見解が、ある。

〈『明暗』の中には「わざと」が全部で八十八回用いられている。此中には会話に用いられているものが三回含まれている。地の文に用いられているのは八十五回。似た「わざわざ」が四十七回の中会話二十回である。「殊更」と「故意」とはそれぞれ三回と一回という頻度の低さである。「わざと」が語り手の主観的判断に主として選ばれていると同時に、『明暗』の文体を特徴づける用語となっていると言ってよかろう。

この「わざと」の反対語と考えられる「突然」も八十七回用いられている。勿論「わざと」の反対語を「突然」だけに限定することは誤りであるが、我意に対する天意を想定してそれを人間の目から見ると「突然」という事になると考えられる。その見方で捜すと名詞としての「自然」という語や、「天」とか「因縁」とかいう語もあるのであって、超越的で不可知な意志を語り手が認めているらしい事が分る。――この超越的で不可知な意志の主体は、普段は人間をその意志の赴く儘に行為させているが、時に及ぶとダイモニオンのように人間に干渉してくる。――天と人との関係はそのように把握されていたものとみえる。だからこそ「事実」という語が九十五回を数えるまで用いられているのであろう。(P.362)〉

第二章

3

「精神界も同じ事だ。精神界も全く同じ事だ。何時どう変るか分らない。さうして其変る所を己は見たのだ」（第二章）

㈠、①、第百八十四章に、次の如く、ある。

【「所が左右でないよ。生きてる癖に生れ変る人がいくらでもあるんだから」】

②、第七十九章に、次の如く、ある。

【お延の眼には其時の彼がちら〳〵した。其時の彼は今の彼と別人ではなかつた。といつて、今の彼と同人でもなかつた。平たく云へば、同じ人が変つたのであつた。】

㈡、玉井敬之の、〈漱石の展開『明暗』をめぐって〉(日本文学協会編『日本文学講座』6、大修館書店、昭和六十三年(一九八八年)六月)に、次の指摘が、ある。

〈『明暗』は津田の「意識」の様相をえがくことからはじめられた。(中　略)津田由雄は、肉体と精神が「何時どう変るか分らない」という認識を持った人物として設定された。このように設定されることによって、津田は、意識の、また人間の心理の探究者たるにふさわしい人物として、『明暗』の舞台に登場したといえるだろう。しかしとはいっても、津田は、『彼岸過迄』の敬太郎や、『行人』の二郎や、『こゝろ』の「私」のような観察者ないし探究者ではない。(中　略)

このことは肉体と精神の変が津田一人のことではなく、登場人物たちのすべてに起りうる可能性があることを意味する。(P.119)〉

と同時に、次の見解が、ある。

㈢、①、越智治雄の、〈座談会《日本文学通史への試み》漱石――その宿命と相対化精神〉(『群像』第二十九巻第十号、講談社、昭和四十九年(一九七四年)十月)に、次の見解が、ある。

〈津田は、冒頭の、肉体も精神もいつどんな変に会うかわからないと思うあたりは、ずい分深いものを托されているのだけれど、全体的にはあいまいな存在として書かれていますね。(P.254)〉

②、石井和夫の、〈共同討議『明暗』と則天去私〉(『国文学』第23巻第6号、昭和五十三年(一九七八年)五月)にも、次の指摘が、ある。

〈二章に出てくる、カッコのついた津田の独白体がありますね、そのことばの重みというのはぼくよくわかるのですが、その重みを感じれば感じるほど、津田自身の意識から出てくることばとしては、なにか遊離している部分があるのじゃないかなという感じが最後までするんですけれどもね。(P.162)〉

③、小島信夫の、〈『明暗』、その再読〉(『漱石を読む』所収、福武書店、平成五年(一九九三年)一月)に、次の指摘が、ある。

〈新聞小説の二回分の分量としては、当時の読者だけではなく、七十三年後の読者にとっても、負担が重すぎるほどである。翌日になって第二回めを読むものは、一回分までを手もとに置いてふりかえらざるを得ないほどである。そして読者によっては、第二回分までを読んだあと、ずっと翌日の新聞がくるまで、何か考えつづけるようなことが起ったともいえる。(P.17)〉

第二章

4 彼の心のうち（第二章）

㈠、『明暗』の、第二章には、彼という三人称が、二十四回も頻出する。

人の心のうちを、八百五十倍にまで拡大してみせる、徹底した心理小説で『明暗』はあって、だからここでも、作者のカメラの眼は、津田の内奥（近景）に、深く潜り込む。

と同時に、突然「心の中で叫」（第二章）び、「思はず唇を固く結」（第二章）び、「考へつゞけ」（第二章）る津田を、一歩さがって、遠景に撮影する作者のカメラの眼が、濃厚に顕在する。このことが、津田を描いても、彼という突き放した三人称に、視点されることになる。

比喩として云えば、『明暗』の作者は、あくまで覚めていて、常に、登場人物の外(そと)にいる、外から凝視している、と云える。

5 暗い不可思議な力（第二章）

㈠、第百七十三章に、次の如く、ある。

【御前の未来はまだ現前しないのだよ。お前の過去にあつた一条の不可思議より、まだ幾倍かの不可思議を有つてゐるかも知れないのだよ。過去の不可思議を解くために、自分の思ひ通りのものを未来に要求して、今の自由を放り出さうとするお前は、馬鹿かな利巧かな】

㈡、①、『明暗』の前々作、『こゝろ』（大正三年・四月～八月）の、「下　先生と遺書」の第五十五章に、〈私は歯を食ひしばつて、何で他の邪魔をするのかと怒鳴り付けます。不可思議な力は冷かな声で笑ひます。〉と、ある。

②、そして、『こゝろ』の最終章、「下　先生と遺書」の第五十六章には、〈私は私の出来る限り此不可思議な私といふものを、貴方に解らせるやうに、今迄の叙述で己れを尽した積です。〉と、ある。

③、右の、『こゝろ』の「不可思議な私」について、越智治雄の、〈こゝろ〉（『漱石私論』所収、角川書店、昭和四十六年（一九七一年）六月）に、次の見解が、ある。

〈したがって、叔父との関係を語りつつ、先生が執拗に「私」に納得させようとしているのは、われわれが選び取ったと考えている人生が、けっして意識によって領略され尽くすものではないということなのだ。先生もまた実は何かに動かされてその生を生きてきた。先生の窮極の問はその何かに向けられている。「不可思議な私」（五十六）。（P.269）〉

津田は、「為る事はみんな自分の力で為、言ふ事は悉く自分の力で言」うという、すぐれて近代的自意識の徒である。

しかるに、「右に行くべ」く意図した津田は、「左に押し遣」られている自己を発見し、「前に進むべ」く価値判断し実行した津田は、「後ろに引き戻」されている自己を発見して、驚愕する。

津田が、「選び取ったと考えている人生が、けっして意識によって領略され尽くすものではない」（越智治雄）。

㈢、「人生」の、あるいは「人間」の根底に横たわる、「不可思議」なるものへの洞察は、実は、漱石文学の原点でもある。既に、明治二十九年、「人生」と題された文章に、漱石は、その認識を、語っている。

「人生」（第五高等学校『龍南会雑誌』、明治二十九年（一八九六年）十月）に、語る。

＜二点を求め得て之を通過する直線の方向を知るとは幾何学上の事、吾人の行為は二点を知り三点を知り、重ねて百点に至るとも、人生の方向を定むるに足らず、人生は一個の理窟に纏め得るものにあらずして、小説は一個の理窟を暗示するに過ぎざる以上は、「サイン」「コサイン」を使用して三角形の高さを測ると一般なり、吾人の心中には底なき三角形あり、二辺並行せる三角形あるを奈何せん、若し人生が数学的に説明し得るならば、若し与へられたる材料よりXなる人生が発見せらるゝならば、若し人間が人間の主宰たるを得るならば、若し詩人文人小説家が記載せる人生の外に人生なくんば、人生は余程便利にして、人間は余程えらきものなり、不測の変外界に起り、思ひがけぬ心は心の底より出で来る、容赦なく且つ乱暴に出で来る、海嘯と震災は、啻に三陸と濃尾に起るのみにあらず、亦自家三寸の丹田中にあり、険呑なる哉＞

6

彼はついぞ今迄自分の行動に就いて他から牽制を受けた覚がなかつた。為る事はみんな自分の力で為、言ふ事は悉く自分の力で言つたに相違なかつた。

（第二章）

㈠、①、第六十五章に、次の如く、ある。

【冒頭から結末に至る迄、彼女は何時でも彼女の主人公であつた。又責任者であつた。自分の料簡を余所にして、他人の考へなどを頼りたがつた覚はいまだ嘗てなかつた。】

②、第七十二章に、次の如く、ある。

【自分の眼で自分の夫を択ぶ事が出来たからよ。岡目八目でお嫁に行かなかつたからよ。】

津田とお延は、ともに近代的自意識家であり、拮抗している。

7

何うして彼の女は彼所へ嫁に行つたのだらう。

（第二章）

第二章

㈠、①、第百三十九章に、次の如く、ある。


【「貴方は何故清子さんと結婚なさらなかつたんです」

問は不意に来た。津田は俄かに息塞つた。黙つてゐる彼を見た上で夫人は言葉を改めた。

「ぢや質問を易へませう。――清子さんは何故貴方と結婚なさらなかつたんです」

今度は津田が響の声に応ずる如くに答へた。

「何故だか些とも解らないんです。たゞ不思議なんです。いくら考へても何にも出て来ないんです」

「突然関さんへ行つちまつたのね」

「えゝ、突然。本当を云ふと、突然なんてものは疾の昔に通り越してゐましたね。あつと云つて後を向いたら、もう結婚してゐたんです」】

②、第百六十章に、次の如く、ある。

【小林は又すぐ其機に付け込んだ。

「一体あの顛末は何うしたのかね。僕は詳しい事を聴かなかつたし、君も話さなかつた、のぢやない、僕が忘れちまつたのか。そりや何うでも構はないが、ありや向ふで逃げたのかね、或は君の方で逃げたのかね」

「それこそ何うでも構はないぢやないか」

「うん僕としては構はないのが当然だ。又実際構つちやゐない。が、君としてはさうは行くまい。君は大構ひだらう」

「そりや当り前さ」】

③、第百七十二章に、次の如く、ある。

【彼は別れて以来一年近く経つ今日迄、いまだ此女の記憶を失くした覚がなかつた。】

④、第百八十三章に、次の如く、ある。

【突如として彼女が関と結婚したのは、身を翻がへす燕のやうに早かつた　（中　略）

「あの緩い人は何故飛行機へ乗つた。彼は何故宙返りを打つた」】

津田にとって、清子（の行動）は、解けない謎として、現在も残り続けている。折に触れ、津田の意識の深層から、この「命題」が迫り上がってくる。津田が、解けない宿題を抱え込んでいるところから、小説『明暗』は、始まる。

㈡、①、谷崎潤一郎の、<芸術一家言>（『改造』、改造社、大正九年（一九二〇年）四月号、五月号、七月号、十月号）に、有名な、次の否定的感想が、ある。

<作者は第二回の末節に於いて予め物語の伏線を置き、津田をして下のやうなことを独語させてゐる。――

「何うして彼の女は彼所へ嫁に行つたのだらう。　（中　略――括弧内は著者の註記）　何だか解らない」

彼は電車を降りて考へながら宅の方へ歩いて行つた。

此れが津田の煩悶であつて、事件は此れを枢軸にして廻転し、展開して行くかのやうに見える。が、作者は此の伏線の種を容易に明かさないで、ところ〴〵に思はせ振りな第二第三の伏線を匂はせながら、津田にいろ〳〵の道草を喰はせて居る。若しあの物語の組み立ての中に何等か技巧らしいものがあるとすれば、此れ等の伏線に依つて読者の興味を最後まで繋いで行かうとする点にあるのだが、その手際は決して上手なものとは云へない。読者は第一の伏線に依つて、津田が現在の妻に満足して居ない事と、彼には嘗て恋人があつた事とを暗示される。さうして其処から何等かの葛藤が生ずるのであらうと予期する。ところが津田はそれとは関係のない入院の手続きだの、金の工面だのにくよくよして、吉川夫人を訪問したり、妻の延子と相談したりしてぐづ〱して居る。(P.47)　(中　略)

最も閑人らしくない小林からして既に斯くの如くであるから、忙しい中に一々彼の相手になつて居る津田と云ふ人間の呑気さ加減は云ふまでもない。一体漱石氏には何となく思はせ振りな貴族趣味があつて、「明暗」中の人物も小林を除く外は大概お上品な、愚にも付かない事に意地を張つたり、知慧を弄したりする、煮え切らない歯切れの悪い人たちばかりである。私に云はせればあの物語中の出来事は、悉くヒマな人間の余計なオセツカヒと馬鹿々々しい遠慮の為めに葛藤が起つてゐるのである。(P.54)〉

②、平岡敏夫の、〈「明暗」論 ― 方法としての「過去」への旅 ―〉(『漱石序説』、塙書房、昭和五十一年(一九七六年)十月)に、次の評が、ある。

〈谷崎潤一郎の「明暗」論は否定の極北であるが、「何うして彼の女は彼所へ嫁に行つたのだらう。」という、最初にはられた伏線を当然のこととして受けとめ、その展開の〝ルーズ〟ぶりに立腹したところに批判のモチーフはあらわれている。(P.396)〉

③、菅野昭正の、〈「明暗」考〉(『国文学』第31巻3号、学燈社、昭和六十一年(一九八六年)三月)に、次の見解が、ある。

〈津田の意識の暗点を照らした灯が消えてしまうこと、いいかえれば「此の伏線の種を容易に明かさない」ことを論難した谷崎潤一郎の批判はよく知られているが、そして不評判な言いがかりとみなされる場合も少なくないようだが、これはかならずしも暴言とばかりは言いきれまい。小説は期待の芸術であり、前途にたいする読者の期待がたえずしだいに高められてゆくことに、作者は最大のエネルギーをそそがなければならないが、『明暗』の読者としての谷崎潤一郎は、あの女がなぜ津田のもとを離れていったかという「伏線」からたぐりだされる物語の前途に、まず期待を集中しようとしたのだと思われる。

こういう読みかたは、「筋の面白さを除外するのは、小説と云ふ形式が持つ特権を捨てゝしまふこと」(「饒舌録」)と考えていた小説家に、いかにもふさわしいものであろう。現在の妻であるお延に満足していない津田のなかに、あの女を思いだすことによって生じる「何等かの葛藤」を軸にして廻転しながら、『明暗』が「筋の面白さ」、物語の愉しみを作りだしてゆきそうな予感を感じるのは、谷崎潤一郎だけとは限るまい。冒頭の何章かのあいだ、漱石の筆はたしかにそちらの方向を指しているように見えるし、その方向が見失われてしまうわけではない。

見失われてしまうわけではないけれども、そして津田の意識の暗点という礎石は動かしようがないけれども、小説は谷崎的な期待の方向にまっすぐ進んではゆかない。(P.76) ＞

④、三好行雄の、＜構造としての同心円＞(鑑賞日本現代文学5『夏目漱石』、角川書店、昭和五十九年(一九八四年)三月)に、次の見解が、ある。

＜『明暗』を書く漱石は決してさきを急がない。(中　略)〈暴風雨にならうとして、なり損ねた波瀾〉(百五十)のつみかさねが事態を微妙に変えながら、結果として直線的にではなく、円を描きながら徐々に前へすすむという形で、プロットの展開をみちびく。小説は同心円風な構造をもって、核心に迫ってゆくのである。核心にあるのが〈彼の女〉、日常的な関係の背後にひそむ謎であるのはいうまでもない。〈一種の惰力を以てズルズルベツタリに書き流された極めてダラシのない作品〉という谷崎潤一郎の批評(「芸術一家言」)は有名だが、無類のロマンシエの眼に、『明暗』の構造がいささか間延びして見えたとしても、決してふしぎではない。明晰な批評家、現実の果敢な析断家だった漱石は、ここには不在である。（P.261）＞

8 電車　（第二章）

㈠、第二章、津田の思弁が、電車の中で、展開される。

【彼は思はず唇を固く結んで、恰も自尊心を傷けられた人のやうな眼を彼の周囲に向けた。けれども彼の心のうちに何事が起りつゝあるかを丸で知らない車中の乗客は、彼の眼遣に対して少しの注意も払はなかつた。】

各自、自己の思弁を展開させるのに打って付けの場で、「車中」はあるだろう。漱石文学における、文明の象徴・近代の隠喩である「電車」が、効果的に使われている。

㈡、第七十七章には、同様、車中のお延が、描かれる。

【彼女は急いで其所へ来た電車に乗つた。　（中　略）　二人が辛うじて別れの挨拶を交換するや否や、一種の音と動揺がすぐ彼女を支配し始めた。

車内のお延は別に纏まつた事を考へなかつた。入れ替り立ち替り彼女の眼の前に浮ぶ、昨日からの関係者の顔や姿は、自分の乗つてゐる電車のやうに早く廻転する丈であつた。然し彼女はさうした目眩しい影像を一貫してゐる或物を心のうちに認めた。若くは其或物が根調で、さうした断片的な影像が眼の前に飛び廻るのだとも云へた。彼女は其或物を拈定しなければならなかつた。然し彼女の努力は容易に成効をもつて酬ひられなかつた。団子を認めた彼女は、遂に個々を貫いてゐる串を見定める事の出来ないうちに電車を下りてしまつた。】

9

彼は釣革にぶら下りながら只自分の事ばかり考へた。
彼は又考へつゞけた。
彼はそれをぴたりと自分の身の上に当て篏めて考へた。
彼は電車を降りて考へながら宅の方へ歩いて行つた。

（第二章）

津田は考え続けている。津田の、「考える人」としての存在（ザイン）が、顕著である。

(一)、第百三十九章、吉川夫人によって、津田の、心の深層が、掘り起される。

【「随分気楽ね、貴方も。清子さんの方が平気だつたから、貴方があつと云はせられたんぢやありませんか」

第二章

第二章

「或は左右かも知れません」

「そんなら其時のあつの始末は何う付ける気なの」

「別に付けようがないんです」

「付けようがないけれども、実は付けたいんでせう」

「えゝ。だから色々考へたんです」

「考へて解つたの」

「解らないんです。考へれば考へる程解らなくなる丈なんです」

「それだから考へるのはもう已めちまつたの」

「いゝえ矢張り已められないんです」

「ぢや今でもまだ考へてるのね」

「さうです」】

小説は、同心円を描きながら、第百三十九章、再び、第二章の、津田の「命題」に、円環する。

㈡、①、第十一章に、次の如く、ある。

【彼は、談話の途中でよく拘泥つた。さうしてもし事情が許すならば、何処迄も話の根を堀ぢつて、相手の本意を突き留めやうとした。遠慮のために其所迄行けない時は、黙つて相手の顔色丈を注視した。其時の彼の眼には必然の結果として何時でも軽い疑ひの雲がかゝつた。それが臆病にも見えた。注意深くも見えた。又は自衛的に慢ぶる神経の光を放つかの如くにも見えた。最後に、「思慮に充ちた不安」とでも形容して然るべき一種の匂も帯びてゐた。】

②、第百二十四章に、お延も、【昨日の戦争に勝つた得意の反動からくる一種の極り悪さであつた。何んな敵を打たれるかも知れないといふ微かな恐怖であつた。此場を何う切り抜けたら可いか知らといふ思慮の悩乱でもあつた。】と、ある。

③、第百四十四章に、お延は、【何故だか病院へ行くに堪へないやうな気がした。此様子では行つた所で、役に立たないといふ思慮が不意に彼女に働らき掛けた。】と、ある。

④、第百四十七章に、お延は、【前後の関係から、思量分別の許す限り、全身を挙げて其所へ拘泥らなければならなかつた。それが彼女の自然であつた。】と、ある。

㈢、①、第百四十一章には、次の如く、ある。

【男らしくないと評されても大した苦痛を感じない津田は答へた。

「左右かも知れませんけれども、少し考へて見ないと……」

「其考へる癖が貴方の人格に祟つて来るんです」】

②、第百七十二章に、次の如く、ある。

【御者は先刻から時間の遅くなるのを恐れる如く、止せば可いと思ふのに、濫りなる鞭を鳴らして、しきりに痩馬の尻を打つた。失はれた女の影を追ふ彼の心、其心を無遠慮に翻訳すれば、取りも直さず、此痩馬ではないか。では、彼の眼前に鼻から息を吹いてゐる憐れな動物が、彼自身で、それに手荒な鞭を加へるものは誰なのだらう。吉川夫人？　いや、さう一概に断言する訳には行かなかつた。では矢つ張彼自身？　此点で精確な解決を付ける事を好まなかつた津田は、問題を其所で投げながら、依然としてそれより先を考へずにはゐられなかつた。】

③、第百七十七章に、次の如く、ある。

【彼は此宵の自分を顧りみて、殆んど夢中歩行者のやうな気がした。彼の行為は、目的もなく家中彷徨き廻つたと一般であつた。ことに階子段の下で、静中に渦を廻転させる水を見たり、突然姿見に映る気味の悪い自分の顔に出会つたりした時は、事後一時間と経たない近距離から判断して見ても、慥かに常軌を逸した心理作用の支配を受けてゐた。（中　略）　何故あんな心持になつたものだらうかと、たゞ其原因を考へる丈でも、説明は出来なかつた。】

④、そして、現に書かれてある、『明暗』の最後（第百八十八章）も、「清子は斯う云つて微笑した。津田は其微笑の意味を一人で説明しようと試みながら自分の室に帰つた。」で、中絶する。

小説は、「考える人」・津田の存在（ザイン）が、描かれて終わる。「考える自我」が、小説『明暗』の主題として、常にある。

㈣、加藤二郎の、〈『明暗』論 ―― 津田と清子 ――〉（『文学』第五十六巻第四号、岩波書店、昭和六十三年（一九八八年）四月）に、次の見解が、ある。

〈清子は津田のもとを「突然」に去った、或いは「突然なんてものは疾の昔に通り越して、」「あつと云つて後を向いたら、もう（関と）結婚してゐた」（百三十九、（　）…論者）という形のものであった。津田は「今日迄其意味が解らずに」（百三十四）、「たゞ不思議」なのであり、「何故だか些とも解ら」ず、「いくら考へても何にも出て来」ず、「考へれば考へる程解らなくなる丈」（百三十九）とされている。「「思慮に充ちた不安」」（十一）と括弧付きで端的に示唆されている津田の人間としての在り方である。『明暗』の津田に関してはこの「思慮に充ちた不安」、即ち上の引用に言う「考へる」人としての彼の在り方が基本的なものとしてある。そのことは作品の冒頭部分の例示だけでも、「津田は自分の都合を善く考へてから……」（一）、「彼は……只自分の事ばかり考へた。」（二）、「彼は又考へつゞけた。」（同前）、「彼は……考へながら宅の方へ歩いて行つた。」（同前）等と頻出しており、そこに漱石の意図は十分に明示的である。そしてこうした津田の「考へ」「思慮」の焦点に位置している最深のもの、それが清子の事柄であることは言を俟たない。（P.100）＞

⑩

「偶然？　ポアンカレーの所謂複雑の極致？　何だか解らない」（第二章）

第二章、津田は、根源的な「命題」の前に、連れ出される。しかし、「問い」は、解けない。

㈠、①、第百十四章に、次の如く、ある。

【此所へ来てから、日毎に繰り返される彼等の所作は単調であつた。しかし勤勉であつた。それが果して何を意味してゐるか津田には解らなかつた。】

第　二　章

②、第百八十三章にも、次の如く、ある。

【それ迄彼女が其所で何をしてゐたのか、津田には一向解せなかつた。又何のために彼女がわざ〳〵其所へ出てゐたのか、それも彼には通じなかつた。】

㈡、お延も、同様に、「問い」・「命題」の前に、連れ出されている。

第七十八章に、次の如く、ある。

【先刻電車の中で、ちら〳〵眼先に付き出した色々の影像は、みんな此一点に向つて集注するのだといふ事を、前後両様の比較から発見した彼女は、やつと自分を苦しめる不安の大根に辿り付いた。けれども其大根の正体は何うしても分らなかつた。勢ひ彼女は問題を未来に繰り越さなければならなかつた。】

斯くして、津田・お延ともに、「命題」の前に、据付けられている。

しかし、「問い」は、解けない。解けない「気掛りな宿題」（第七十七章）として、津田とお延の前に、残り続ける。

「考える人」津田をして、「考える人」お延をして、「解らない」ものとして、心の裡で、鳴り響いている。

＊

小説の後半部（第百六十七章以降）、津田は、旅に出る。

㈠、越智治雄の、〈明暗のかなた〉（『漱石私論』所収、角川書店、昭和四十六年（一九七一年）六月）に、次の見解が、ある。

〈津田は旅に出る。それは『行人』の一郎の場合と同様作為された旅であって、吉川夫人の目的がどのように卑俗なものであったとしても、やはり認識の旅になるだろう。(P.364)〉

㈡、佐藤泰正の、〈『明暗』――最後の漱石――〉(『夏目漱石論』、筑摩書房、昭和六十一年(一九八六年)十一月)に、次の見解が、ある。

〈すでに作者は冒頭からこの主人公に重い問いをになわせて歩ませる。終末の未知への〈旅〉はまた必然であろう。旅の途上、「暗い不可思議な力」は彼を引きずり、場面は転調しつつ、深い象徴性の翳を帯びる。(P.405)〉

㈢、三好行雄の、〈非日常への旅〉(鑑賞日本現代文学5『夏目漱石』、角川書店、昭和五十九年(一九八四年)三月)に、次の見解が、ある。

〈津田は旅に出る。百六十八節以降、『明暗』の世界は明らかに形相を変化させる。変化は方法の変質をともない、同心円の堂々めぐりから直線としての展開へ、小説の速度はようやくはやまった。

〈何か作者のこころ急ぐ息遣いが、かすかにではあるが聞えてくる〉(桶谷秀昭)のである。

列車を乗りかえ、軽便から馬車に乗り継いで宿にむかう津田の旅はまさしく文明から非文明への旅であった。関係性の地平に張りつけられた日常の時間から、非日常の時空への旅であり、明暗のない世界から明暗双々の世界へむかう旅でもあった。(P.268)　(中　略)

〈突然清子に脊中を向けられた其刹那から、自分はもう既にこの夢のやうなものに祟られてゐるのだ〉と津田は考える。清子の変貌は、津田の宿命の発端であった。というより、もっと正確にいえば、津田をいやおうなく、宿命の自覚にむかってうながす因果の起点であった。〈精神界も全く同じ事だ。何時どう変るか分らない。さうして其変る所を己は見たのだ〉という、あの心のなかの叫びはいまも消えない。しかし、〈其変る所を己は見た〉と津田はいうのだが、吉川夫人に〈清子さんは何故貴方と結婚なさらなかつたんです〉と問いつめられて、〈何故だか些とも解らないんです。たゞ不思議なんです。いくら考へても何にも出て来ないんです〉（百三十九）と答える津田であってみれば、実はなにひとつ見てはいないというべきである。現象の背後にひそむ〈暗い不可思議な力〉（二）の根源をこそ、津田は見なければならない。人間にとって、他者はついに了解不能な闇のなかに沈む。にもかかわらず、津田は了解不可能な他者を理解するための旅に出る。（P.269）〉

＊＊

読者を魅了して止まない、小説の導入部で、『明暗』の、第一章、第二章は、ある。

㈠、石原千秋の、〈『明暗』は終わるか〉（『海燕』第10巻第8号、福武書店、昭和六十六年（一九九一年）八月）に、次の見解が、ある。

〈確かに、『明暗』は結末への期待をそそってやまない。それは、この小説が未完に終わったからばかりではないだろう。『明暗』の言葉が、結末への期待を促し続けている。「何うして彼の女は彼所へ嫁に行つたのだらう。」「此己は又何うして彼の女と結婚したのだらう。」——この、冒頭近くにある津田由雄の二つの問いをめぐって劇が展開しているからである。そして、津田の自覚としては、第一の問いの答えを求めてわざわざ清子のいる温泉場に行くのだから。（P.210）　（中　略）

しかも、これらの小説の結末には共通点がある。『三四郎』も『それから』も、「たゞ口の内で迷羊、迷羊と繰返した」、あるいは、「代助は自分の頭が焼け尽きる迄電車に乗つて行かうと決心した」という持続のイメージで締め括られているし、テクストには確かに〈終わり〉があるのに物語はいっこうに結末を迎えていなかったり（後期三部作）、物語は終わっているのにテクストの〈終わり〉が〈終わり〉でないことを告げていたり（『門』『道草』）するのである。こうしたテクストの結末における持続は、まさに「家族語」（D・クーパー『家族の死』）による結末をこそ回避し続け、空白にし続けていたのではないだろうか。持続する結末が、テクストの空白に新たな言葉の運動を促すのだ。（P.211）＞

(ロ)、①、三好行雄の、＜『明暗』の構造＞（『講座夏目漱石』第三巻、有斐閣、昭和五十六年（一九八一年）十一月）に、次の見解が、ある。

＜最初の一章から読者を魅了して止まぬ ―― 小説の導入部に、読者にはまだ未知の終末から吹きつけてくる風のように、傑作の予感が濃くただよう長篇小説なのである。にもかかわらず、『明暗』は作者の死によって中絶した。（P.275）　（中　略）

『明暗』は現に書かれているかぎりの形で、作品と呼ぶにふさわしい実質をそなえている。にもかかわらず、導入部に吹いていたあの風の源泉を読者は確かめることができない。この矛盾は、『明暗』を論じようとする試みにとっての大きなアポリアであると同時に、収束が書かれていないから、それを予想する自由をひとに残す。まして、漱石は伏線を張るという、推理小説にもっとも有効な手法を多用した作家である。書かれなかった破局を推理する材料にもこと欠かないのである。（P.276）＞

②、三好行雄の、〈明暗〉（吉田精一編『夏目漱石必携』、学燈社、昭和四十二年（一九六七年）四月）に、次の見解が、ある。

〈「明暗」は漱石の死によって中絶した。これが多くの明暗論にとって、大きなアポリアのひとつになっているようである。作品はその完結とともに読者にはじめて手渡される。未完の小説は書かれた限りの世界がいかに牢固であろうとも、常に不安定で流動的なイメージしか結ばない。だとしたら、明暗論は論じることの不可能な場所、いわば不在の対象から出発しなければならぬのである。（P.156）〉

第三章

五月二十　日執筆（推定）
大正五年（一九一六年）五月二十八日・「東京朝日新聞」
大正五年（一九一六年）五月二十七日・「大阪朝日新聞」

1

角を曲つて細い小路へ這入つた時、津田はわが門前に立つてゐる細君の姿を認めた。其細君は此方を見てゐた。然し津田の影が曲り角から出るや否や、すぐ正面の方へ向き直つた。さうして白い繊い手を額の所へ翳す様にあてがつて何か見上げる風をした。彼女は津田が自分のすぐ傍へ寄つて来る迄其態度を改めなかつた。

（第三章）

㈠、小説の後半部、温泉場の第一日目、津田は、清子と、突然に出会う（第百七十六章）。「洗面所と向ひ合せに付けられた階子段」（第百七十五章）の、階下（津田）と、階上（清子）とでの、突然の再会で、それはあった。そして、再会を称して、しかし、清子は、翌日、次のよう（第百八十六章）に、云う。

【理由は何でもないのよ。たゞ貴方はさういふ事をなさる方なのよ」

「待伏せをですか」

「でも私の見た貴方はさういふ方なんだから仕方がないわ。嘘でも偽りでもないんですもの」

「馬鹿にしちや不可せん」

「えゝ」

「成程」

津田は腕を拱いて下を向いた。】

津田の人間性が ―― 「待伏せ」などをするという ―― 津田の性質性が、清子によって、鋭く摘出されている。そして、この性質性は、津田だけの専売特許ではない。第三章、見るように、お延も、明らかに津田を「待つ」ていた。津田とお延の、質を同じくするところの、精神の構造である。

第四章

五月二十一日執筆（推定）
大正五年（一九一六年）五月二十九日・「東京朝日新聞」
大正五年（一九一六年）五月二十八日・「大阪朝日新聞」

①

細君は色の白い女であつた。　（第四章）

㈠、「新しい女」の典型・美禰子を、造形してヒロインとする、『三四郎』（明治四十一年・九月〜十二月）の冒頭も、次のように、始まる。

【女とは京都からの相乗である。乗つた時から三四郎の眼に着いた。第一色が黒い。三四郎は九州から山陽線に移つて、段々京大阪へ近付いてくるうちに、女の色が次第に白くなるので何時の間にか故郷を遠退く様な憐れを感じてゐた。それで此女が車室に這入つて来た時は、何となく異性の味方を得た心持がした。此女の色は実際九州色であつた。】

②

> けれども其一重瞼の中に輝やく瞳子は漆黒であつた。だから非常に能く働らいた。或時は専横と云つてもい丶位に表情を恣ま丶にした。津田は我知らず此小さい眼から出る光に牽き付けられる事があつた。さうして又突然何の原因もなしに其光から跳ね返される事もないではなかつた。
>
> 彼が不図眼を上げて細君を見た時、彼は刹那的に彼女の眼に宿る一種の怪しい力を感じた。それは今迄彼女の口にしつ丶あつた甘い言葉とは全く釣り合はない妙な輝やきであつた。相手の言葉に対して返事をしやうとした彼の心の作用が此眼付の為に一寸遮断された。すると彼女はすぐ美くしい歯を出して微笑した。同時に眼の表情が迹方もなく消えた。（第四章）

㈠、読者の前に、主人公・お延は、まず、右のように、紹介される。お延を紹介するに、作者は殊更に、「眼」の動きを特筆する。

藤井淑禎の、〈あかり革命下の『明暗』〉（「漱石作品論集成」第十二巻・『明暗』所収、桜楓社、平成三年（一九九一年）十一月）に、次の指摘が、ある。

〈〝瞳と眉の演技者〟お延と〝顔色研究家〟津田をめぐる明と暗のドラマ『明暗』（大5）が構築されることになるのである。

『明暗』ほど表情のクローズ・アップが多く、かつそれが重要な意味を担わされている作品も珍しいのではないか。それにしても、お延の頻繁な眉の動かし方は尋常ではない。「細君は濃い恰好の好い眉を心持寄せて夫を見た」〈三〉

・「お延は何にも答へずに下を向いた。さうして何時もする通り黒い眉をぴくりと動かして見せた。彼女に特異な此所作は時として変に津田の心を唆かすと共に、時として妙に彼の気持を悪くさせた」〈六〉・「彼女の眉がさも〳〵厭さうに動いた」〈四十四〉等々。心の動きと眉の動きとが連動していることは見易いところだが、同じことが瞳の動かし方についてもいえる。

　惜しい事に彼女の眼は細過ぎた。御負に愛嬌のない一重瞼であつた。けれども其一重瞼の中に輝やく瞳子は漆黒であつた。だから非常に能く働らいた。或時は専横と云つてもいゝ位に表情を恣まゝにした。津田は我知らず此小さい眼から出る光に牽き付けられる事があつた。さうして又突然何の原因もなしに其光から跳ね返される事もないではなかつた。〈四〉

もちろんお延がこのように設定されている以上、津田がたとえば近視であったり鈍感な人物であったりしてはだいなしだが、その辺は作者も抜かりはなく、「彼女の眼に宿る一種の怪しい力」に「彼の心の作用が（中略）（ママ）一寸遮断された」（同前）りする場面を頻繁に挿入している。というより、津田は「談話の途中でよく拘泥」ると「何処迄も話の根を堀ぢつて、相手の本意を突き留めやうと」するか、それができない場合は「黙つて相手の顔色丈を注視」して、吉川夫人から「一体貴方はあんまり研究家だから駄目ね」〈十一〉とたしなめられるような顔色鑑定家として設定されているのだ。（P.375）＞

「心」・「精神」の在り様と、直截連動するところ「眼」の表情が、お延を紹介するに、第一義に置かれる故に、『明暗』は、お延の「容姿」への描写は、少ない。

第四章

大正五年五月二十一日（日）　消印午後三時 ― 四時

牛込区早稲田南町七番地より

京橋区瀧山町四番地東京朝日新聞社内山本松之助へ

拝啓此間中から少々不快臥牀それで小説の書き出しが予定より少々遅くなつて済みませ〔ん〕(ママ)谷崎君の二十日完了の筈のものが二十四〔日〕(ママ)迄延びたのも夫が為の御斟酌かと存じ恐縮してゐます此分では毎日一回宛は書けさう故御安心下さい

却説小生の宅へ来る赤木桁平と申す人が今度の「明暗」の原稿を是非貰ひたいと申します私は断るのも気の毒ですから社へ聞き合せて置かうと申しましたが如何なものでせう若し御差支なくば、又大した御手数にならないならば御保存の上完結後取り纏めて同氏へ渡してやりたいと思ひます一寸手紙で御都合を伺ひます　以上

五月二十一日　　夏目金之助

山本松之助様

（『漱石全集』第十五巻
昭和四十二年（一九六七年）二月第一刷
昭和五十一年（一九七六年）二月第二刷　岩波書店）

第五章

五月二十二日執筆（推定）
大正五年（一九一六年）五月三十　日・「東京朝日新聞」
大正五年（一九一六年）五月二十九日・「大阪朝日新聞」

①

彼の机の上には比較的大きな洋書が一冊載せてあつた。（第五章）

㈠、第三十九章に、次の如く、ある。


【そのうちで一番重くて嵩張つた大きな洋書を取り出した時、彼はお延に云つた。

「是は置いて行くよ」

「さう、でも何時でも机の上に乗つてゐて、枝折が挟んであるから、お読みになるのかと思つて入れといたのよ」

津田は何にも云はずに、二ケ月以上もかゝつて未だ読み切れない経済学の独逸書を重さうに畳の上に置いた。

「寐てゐて読むにや重くつて駄目だよ」

斯う云つた津田は、それが此大部の書物を残して行く正当の理由であると知りながら、余り好い心持がしなかつた。

「さう、本は何れが要るんだか妾分らないから、貴方自分でお好きなのを択つて頂戴」

津田は二階から軽い小説を二三冊持つて来て、経済書の代りに鞄の中へ詰め込んだ。】

津田の、現在、読書中の書物は、「比較的大きな洋書」である。しかも、それは、「経済学の独逸書」である。

越智治雄の、〈明暗のかなた〉（『漱石私論』所収、角川書店、昭和四十六年（一九七一年）六月）に、次の指摘が、ある。

〈健三の場合には書斎という自身のみの場所が保証されていたのに対し、津田におけるドイツ語の原書はそういった性質のものではない。(P.357)〉

漱石作品の、以前の、主人公達が、特殊人・いわゆる「高等遊民」であったのに対して、『明暗』の主人公・津田は、そうではない。津田は、いまふうに云う、サラリーマンである。

にもかかわらず、津田は、「寐る前の一時間か二時間を机に向つて過ごす習慣になつてゐた」（第五章）、「彼は平生から世間へ出る多くの人が、出るとすぐ書物に遠ざかつて仕舞ふのを、左も下らない愚物のやうに細君の前で罵つてゐた。それを夫の口癖として聴かされた細君はまた彼を本当の勉強家として認めなければならない程比較的多くの時間が二階で費やされた」（第五章）、「今彼が自分の前に拡げてゐる書物から吸収しやうと力めてゐる知識は、彼の日々の業務上に必要なものではなかつた。それには余りに専門的で、又あまりに高尚過ぎた。学校の講義から得た知識ですら滅多に実際の役に立つた例のない今の勤め向きとは殆んど没交渉と云つても可い位のもの」（第五章）、である。

過度に、知識人としての主人公が、『明暗』においても、なお、健在である。

㈡、①、第七十九章に、次の如く、ある。

【劃の多い四角な字の重なつてゐる書物は全く読めないのだと断つた。】

②、第十五章に、次の如く、ある。

【西洋流のレターペーパーを使ひつけた彼は、机の抽斗からラエンダー色の紙と封筒とを取り出して、其紙の上へ万年筆で何心なく二三行書きかけた時、不図気がついた。彼の父は洋筆や万年筆でだらしなく綴られた言文一致の手紙などを、自分の伜から受け取る事は平生からあまり喜こんでゐなかつた。】

「四角な字」の読めない、「西洋流のレターペーパー」を使いつけている、西洋的な人物で、津田は、ある。

第五章

第六章

五月二十三日執筆（推定）
大正五年（一九一六年）五月三十一日・「東京朝日新聞」
大正五年（一九一六年）五月三十　日・「大阪朝日新聞」

①

彼は襖越しに細君の名を呼びながら、すぐ唐紙を開けて茶の間の入口に立つた。すると長火鉢の傍に座つてゐる彼女の前に、何時の間にか取り拡げられた美くしい帯と着物の色が忽ち彼の眼に映つた。

（第六章）

㈠、①、第三十九章・冒頭は、次の如く、始まる。

【あくる朝の津田は、顔も洗はない先から、昨夜寐る迄全く予想してゐなかつた不意の観物によつて驚ろかされた。彼の床を離れたのは九時頃であつた。彼は何時もの通り玄関を抜けて茶の間から勝手へ出ようとした。すると嬋娟に盛粧したお延が澄まして其所に坐つてゐた。】

第三十九章、小説の、五日目・日曜日である。此の日、津田の「手術」が、行われる。と同時に、此の日は、お延の「芝居見物」の、日でもある。

②、第四十章に、次の如く、ある。

【看護婦は、何の造作もなく笑ひながら津田にお辞儀をしたが、傍に立つてゐるお延の姿を見ると、少し物々しさに打たれた気味で、一体此孔雀は何処から入つて来たのだらうといふ顔付をした。】

(2)

暗い玄関から急に明るい電燈の点いた室を覗いた彼の眼にそれが常よりも際立つて華麗に見えた時、彼は一寸立ち留まつて細君の顔と派出やかな模様とを等分に見較べた。　（第六章）

㈠、①、第十二章・冒頭は、次の如く、始まる。

【其時二人の頭の上に下つてゐる電燈がぱつと点いた。】

②、第十三章・冒頭も、次の如く、始まる。

【往来へ出た津田の足は次第に吉川の家を遠ざかつた。けれども彼の頭は彼の足程早く今迄居た応接間を離れる訳に行かなかつた。彼は比較的人通りの少ない宵闇の町を歩きながら、やはり明るい室内の光景をちら〳〵見た。

冷たさうに燦つく肌合の七宝製の花瓶、其花瓶の滑らかな表面に流れる華麗な模様の色、卓上に運ばれた銀きせの丸盆、同じ色の角砂糖入と牛乳入、（中　略）　三隅に金箔を置いた装飾用のアルバム、――斯ういふもの〻強

第　六　章

い刺激が、既に明るい電燈の下を去つて、暗い戸外へ出た彼の眼の中を不秩序に往来した。】

③、第十七章は、次の如く、終わる。

【奥へ入つた看護婦はすぐ又白い姿を暗い室の戸口に現はした。

「今丁度二階が空いて居りますから、何時でも御都合の宜しい時に何うぞ」

津田は逃れるやうに暗い室を出た。彼が急いで靴を穿いて、擦硝子張の大きな扉を内側へ引いた時、今迄真暗に見えた控室にぱつと電燈が点いた。】

④、第二十八章も、次の如く、終わる。

【薄暗くなつた室の中で、叔父の顔が一番薄暗く見えた。津田は立つて電燈のスヰツチを捩つた。】

⑤、第四十五章に、次の如く、ある。

【彼女は暗闇を通り抜けて、急に明海へ出た人の様に眼を覚ました。】

⑥、第五十七章に、次の如く、ある。

【下女は格子の音を聞いても出て来なかつた。茶の間には電燈が明るく輝やいてゐる丈で、鉄瓶さへ何時ものやうに快い音を立てなかつた。今朝見たと何の変りもない室の中を、彼女は今朝と違つた眼で見廻した。】

⑦、第百七十五章に、次の如く、ある。

【客が何処にゐるのかと怪しむどころではなく、人が何処にゐるのかと疑ひたくなる位であつた。其静かさのうちに電燈は隈なく照り渡つた。けれども是はたゞ光る丈で、音もしなければ、動きもしなかつた。たゞ彼の眼の前にある水丈が動いた。渦らしい形を描いた。さうして其渦は伸びたり縮んだりした。】

⑧、第百七十六章は、次の如く、終わる。

【「何うかしなければ不可い。何処迄蒼くなるか分らない」

津田は思ひ切つて声を掛けやうとした。すると其途端に清子の方が動いた。くるりと後を向いた彼女は止まらなかつた。津田を階下に残した儘、廊下を元へ引き返したと思ふと、今迄明らかに彼女を照らしてゐた二階の上り口の電燈がぱつと消えた。津田は暗闇の中で開けるらしい障子の音を又聴いた。同時に彼の気の付かなかつた、自分の立つてゐるすぐ傍の小さな部屋で呼鈴の返しの音がけたゝましく鳴つた。

やがて遠い廊下をぱた〳〵駈けて来る足音が聴こえた。彼は其足音の主を途中で喰ひ留めて、清子の用を聴きに行く下女から自分の室の在所を教へて貰つた。】

㈡、見るように、「電燈」と照応して、「明」と「暗」とのコントラストが、鮮やかである。

だからと云って、小説の題「明暗」と、電燈の「明と暗」とを、短絡的に結ぶべきではないが、登場人物達の「存在の世界（コスモス）」が、場として、印象的に、彫像され、点灯される。

ちなみに、Valdo・Viglielmo（ヴァルドー・ヴィリエルモ）による、『明暗』の翻訳名は、『Light and Darkness』（昭和四十六年（一九七一年）刊行）、である。

第六章

3

津田の言葉には皮肉に伴ふ或冷やかさがあつた。お延は何にも答へずに下を向いた。
（第六章）

㈠、第七章に、次の如く、ある。

【彼は開いた手紙を、其儘火鉢の向ふ側にゐるお延の手に渡した。御延は又何も云はずにそれを受取つたぎり、別に読まうともしなかつた。此冷かな細君の態度を津田は最初から恐れてゐたのであつた。】

4

見栄の強い津田は手紙の中に書いてある事を、結婚してまだ間もない細君に話したくなかつた。けれどもそれはまた細君に話さなければならない事でもあつた。
（第六章）

㈠、第百十三章に、次の如く、ある。

【普通の人のやうに富を誇りとしたがる津田は、其点に於て、自分を成る可く高くお延から評価させるために、父の財産を実際より遥か余計な額に見積つた所を、彼女に向つて吹聴した。それ丈ならまだ可かつた。彼の弱点はもう一歩先へ乗り越す事を忘れなかつた。彼のお延に匂はせた自分は、今より大変楽な身分にゐる若旦那であつた。必要な場合には、幾何でも父から補助を仰ぐ事が出来た。たとひ仰がないでも、月々の支出に困る憂は決してなかつた。お延と結婚した時の彼は、もう是丈の言責を彼女に対して脊負つて立つてゐたのと同じ事であつた。】

自分は、「楽な身分にゐる若旦那」であると、吹聴してしまった津田は、ために、父の「実際」を今更、お延の前にさらけ出せない。

「見栄の強い津田」の、なせる所産である。

㈡、第百四章に、次の如く、ある。

【手紙は夫婦の間に待ち受けられた京都の父からのものであつた。是も前便と同じやうに書留になつてゐないので、眼前の用を弁ずる中味に乏しいのは、お秀からまだ何にも聞かせられないお延にも略見当丈は付いてゐた。】

第六章

第七章

五月二十四日執筆（推定）
大正五年（一九一六年）六月　一日・「東京朝日新聞」
大正五年（一九一六年）五月三十一日・「大阪朝日新聞」

①

彼の父はよし富裕でない迄も、毎月息子夫婦のために其生計の不足を補つてやる位の出費に窮する身分ではなかつた。

（第七章）

㈠、①、第九十五章に、次の如く、ある。

【学校を卒業して、相当の職にありついて、新らしく家庭を構へる以上、曲りなりにも親の厄介にならずに、独立した生計を営なんで行かなければならないといふ父の意見を翻がへさせたものは堀の力であつた。津田から頼まれて、また無雑作にそれを引き受けた堀は、物価の騰貴、交際の必要、時代の変化、東京と地方との区別、色々都合の好い材料を勝手に並べ立てて、勤倹一方の父を口説き落したのである。其代り盆暮に津田の手に渡る賞与の大部分を割いて、月々の補助を一度に幾分か償却させるといふ方針を立てたのも彼であつた。其案の成立と共に責任の出来た彼は又至極呑気な男であつた。約束の履行などゝいふ事は、最初から深く考へなかつたのみならず、遂行の時期が来た時分には、もうそれを忘れてゐた。詰責に近い手紙を津田の父から受取つた彼は、殆んど此事件を念頭に置いてゐなかつた丈に、驚ろかされた。】

②、第十四章に、次の如く、ある。

【彼が結婚後家計膨脹といふ名義の下に、毎月の不足を、京都にゐる父から塡補して貰ふ事になつた一面には、盆暮の賞与で、その何分かを返済するといふ条件があつた。彼は色々の事情から、此夏その条件を履行しなかつたために、彼の父は既に感情を害してゐた。】

2

津田よりもずつと派出好きな細君　（第七章）

㈠、第九十五章に、次の如く、ある。

【不断から派手過る女としてお延を多少悪く見てゐたお秀は、すぐ其顛末を京都へ報告した。】

第七章

第七章

3

此前京都へ行つた時にも

（第七章）

㈠、第二十章に、次の如く、ある。

【彼の父は今から十年ばかり前に、突然遍路に倦み果てた人のやうに官界を退いた。さうして実業に従事し出した。彼は最後の八年を神戸で費やした後、其間に買つて置いた京都の地面へ、新らしい普請をして、二年前にとう〳〵其所へ引き移つた。津田の知らない間に、此閑静な古い都が、彼の父にとつて隠栖の場所と定められると共に、終焉の土地とも変化したのである。】

4

「で今月は何うするの。たゞでさへ足りない所へ持つて来て、貴方が手術のために一週間も入院なさると、また其方の方でも幾何か掛るでせう」

（第七章）

㈠、多面的・多義的な側面を持った作品で、『明暗』はあり、登場人物も、決して少なくはない。しかし、その骨格は、あくまで、津田とお延という、一組の「夫婦の物語」である。

そして、この「夫婦の物語」・『明暗』には、枝葉を切り落とすと、二つ軸・柱が、立てられる。「たゞでさへ足りない所へ」「父からの送金の停止」、加えて、突然発生した「手術入院のための出費」である「お金」の問題と、津田の「かつての恋人・清子」の問題、とである。

物語は、まず、「お金」の問題である、第一の軸にそって、始まる。

5

> 彼は小声で独語のやうに云つた。
> 「藤井の叔父に金があると、彼所へ行くんだが……」
> （第七章）

㈠、①、「津田の父の弟」（第二十章）である藤井を、紹介して、第二十章に、次の如く、ある。

【一種の勉強家であると共に一種の不精者に生れ付いた彼は、遂に活字で飯を食はなければならない運命の所有者に過ぎなかつた。】

②、第二十六章に、次の如く、ある。

【藤井は四年前長女を片付ける時、仕度をして遣る余裕がないので既に相当の借金をした。其借金が漸く片付いたと思ふと、今度はもう次女を嫁に遣らなければならなくなつた。だから此所でもしお金さんの縁談が纏まるとすれば、

第七章

それは正に三人目の出費に違なかつた。娘とは格が違ふからといふ意味で、出来る丈倹約した所で、現在の生計向に多少苦しい負担の暗影を投げる事は慥であつた。】

藤井の叔父には、経済的余裕はなく、実際問題として津田は、藤井からの「借財」は、期待出来ない。

6

其時津田は真ともにお延の方を見た。さうして思ひ切つた様な口調で云つた。

「何うだ御前岡本さんへ行つて一寸融通して貰つて来ないか」

（第七章）

㈠、①、「親身の叔母よりも却つて義理の叔父」（第六十二章）である岡本を、紹介して、第六十章に、次の如く、ある。

【岡本の邸宅へ着いた時、お延は又偶然叔父の姿を玄関前に見出した。（中　略）彼は、傍で鍬を動かしてゐる植木屋としきりに何か話をしてゐたが、お延を見るや否や、すぐ向ふから声を掛けた。

「来たね。今庭いぢりを遣つてる所だ」（中　略）

近頃身体に暇が出来て、自分の意匠通り住居を新築した此叔父の建築に関する単語は、何時の間にか急に殖えてゐた。】

夫・津田の叔父である「藤井」が、「貧しい」のと対照的に、妻・お延の叔父である「岡本」は、「裕福」である。

経済的余裕のある、岡本の叔父からは実際問題として、お延は、「借財」を、期待出来るのである。

②、第二十四章に、次の如く、ある。

【真事は少し羞耻んでゐた。しばらくしてから、彼はぽつり〳〵句切を置くやうな重い口調で答へた。

「あのね、岡本へ行くとね、何でも一さんの持つてるものをね、宅へ帰つて来てからね、買つて呉れ、買つて呉れつていふから、それで不可いつて」

津田は漸く気が付いた。富の程度に多少等差のある二人の活計向は、彼等の子供が持つ玩具の末に至る迄に、多少等差を付けさせなければならなかつたのである。】

藤井の子供である「真事」と、岡本の子供である「一」との間にも、かくして、「貧富」の差は、歴然としている。

第七章

第八章

五月二十五日執筆（推定）
大正五年（一九一六年）六月　二日・「東京朝日新聞」
大正五年（一九一六年）六月　一日・「大阪朝日新聞」

①

「厭よ、あたし」
お延はすぐ断つた。彼女の言葉には何の淀みもなかつた。　（中　略）
「あたし、厭よ。岡本へ行つてそんな話をするのわ」　（中　略）
「だつて、あたし、極りが悪いんですもの。何時でも行くたんびに、お延は好い所へ嫁に行つて仕合せだ、厄介はなし、生計に困るんぢやなしつて云はれ付けてゐる所へ持つて来て、不意にそんな御金の話なんかすると、屹度変な顔をされるに極つてゐるわ」
お延が一概に津田の依頼を斥けたのは、夫に同情がないといふよりも、寧ろ岡本に対する見栄に制せられたのだといふ事が漸く津田の腑に落ちた。　（第八章）

㈠、①、お延には、お延で、「見栄が強く」、岡本から「借金」するのは極りが悪い。「他人の前に、何一つ不足のない夫を持つた妻としての自分を示さなければならないとのみ考へてゐる彼女」（第六十一章）は、どこまでも、「幸福な新妻」（新婚六カ月）であると、世間に思わせておきたい。

「見栄の強い津田」（第六章）は、ために今更、父の「実際」を、お延の前にさらけ出せない。

同様に、お延も、「岡本に対する見栄に制せられ」（第八章）、岡本への「借財」を、即座に拒絶する。

かくして、「津田」と「お延」との、拮抗せる「精神の同質的構造」が、正鵠に象嵌されている。

②、越智治雄の、〈明暗のかなた〉（『漱石私論』所収、角川書店、昭和四十六年（一九七一年）六月）に、次の指摘が、ある。

〈津田とお延は虚栄心を共有しているし（九十七）、津田が怜悧（百三十三）であればお延もまた怜悧だ（百二十四）。彼らは七分の自信と三分の不安（百十一、百二十一）といった心理の内実まで共通している。それに、健三の場合には書斎という自身のみの場所が保証されていたのに対し、津田におけるドイツ語の原書はそういった性質のものではない。二人はまさに拮抗しているのである。（P.357）〉

第八章、小説の、「第一日目」（水曜日）が、終わる。

第八章

第九章

五月二十六日執筆（推定）
大正五年（一九一六年）六月　三日・「東京朝日新聞」
大正五年（一九一六年）六月　二日・「大阪朝日新聞」

第九章、小説の、「第二日目」（木曜日）が、始まる。

1

「何か用かい」
吉川から先へ言葉を掛けられた津田は室の入口で立ち留つた。
「一寸……」
「君自身の用事かい」
津田は固より表向の用事で、此室へ始終出入すべき人ではなかつた。

（第九章）

㈠、第百二十章に、次の如く、ある。

【津田は病院へ来る前、社の重役室で吉川から聴かされた　（中　略）　】

2

彼としては時々吉川家の門を潜る必要があつた。それは礼儀の為でもあつた。義理の為でもあつた。又利害の為でもあつた。最後には単なる虚栄心のためでもあつた。
「津田は吉川と特別の知り合である」
彼は時々斯ういふ事実を脊中に脊負つて見たくなつた。

（第九章）

㈠、①、第十六章に、次の如く、ある。
【「おい君、お父さんは近頃何うしたね。相変らずお丈夫かね」（中　略）
「大方詩でも作つて遊んでるんだらう。気楽で好いね。昨夕も岡本と或所で落ち合つて、君のお父さんの噂をしたがね。（中　略）」】

②、第百三十四章に、次の如く、ある。
【お延を鄭寧に取扱ふのは、つまり岡本家の機嫌を取るのと同じ事で、其岡本と吉川とは、兄弟同様に親しい間柄である以上、彼の未来は、お延を大事にすればする程確かになつて来る道理であつた。】

③、第百十九章に、次の如く、ある。
【（中　略）　さうして君程又損得利害をよく心得てゐる男は世間にたんとないんだ。たゞ心得てる許ぢやない、君はさうした心得の下に、朝から晩迄寐たり起きたりしてゐられる男なんだ。少くとも左右しなければならないと始

第九章

第九章

終考へてゐる男なんだ。好いかね。其君にして――」】

お延は、岡本の叔父に、可愛がられている。「親身の叔母よりも却つて義理の叔父の方を、心の中で好いてゐたお延は、其報酬として、自分も此叔父から特別に可愛がられてゐるといふ信念を常に有つて」(第六十二章）いる。そして、その岡本と、吉川とは、親友である。更に、吉川夫妻は、会社の上司であり、しかも、津田夫婦の仲人でもある。こういう関係から、津田が、「お延を大事に」さえしておけば、「自分の未来」は保証されていると、津田は、考えている。

第十一章

五月二十八日執筆（推定）
大正五年（一九一六年）六月　五日・「東京朝日新聞」
大正五年（一九一六年）六月　四日・「大阪朝日新聞」

①

彼は、談話の途中でよく拘泥つた。さうしてもし事情が許すならば、何処迄も話の根を堀ぢつて、相手の本意を突き留めやうとした。遠慮のために其所迄行けない時は、黙つて相手の顔色丈を注視した。其時の彼の眼には必然の結果として何時でも軽い疑ひの雲がかゝつた。それが臆病にも見えた。注意深くも見えた。又は自衛的に慢ぶる神経の光を放つかの如くにも見えた。最後に、「思慮に充ちた不安」とでも形容して然るべき一種の匂も帯びてゐた。（第十一章）

㈠、①、第百二十四章に、次の如く、ある。

【此場を何う切り抜けたら可いか知らといふ思慮の悩乱でもあつた。お延は此一瞥をお秀に与へた瞬間に、もう今日の自分を相手に握られたといふ気がした。】

第十一章

②、第百四十四章に、次の如く、ある。

【彼女は何故だか病院へ行くに堪へないやうな気がした。此様子では行つた所で、役に立たないといふ思慮が不意に彼女に働らき掛けた。

「夫の性質では、とても卒直に此手紙の意味さへ説明しては呉れまい」】

③、第百四十七章に、次の如く、ある。

【彼女は前後の関係から、思量分別の許す限り、全身を挙げて其所へ拘泥らなければならなかつた。それが彼女の自然であつた。】

(二)、「思慮に充ちた不安」という言説の、云わんとするところは、大事である。近代の「自意識」の孕む「重さ」、「自閉性」、そしてその「始末の悪さ」を、具体の「場」に云う、表現である。

①、北山正迪の、＜漱石「私の個人主義」について ―『明暗』の結末の方向 ―＞(『文学』第四十五巻第十二号、岩波書店、昭和五十二年(一九七七年)十二月)に、次の見解が、ある。

＜漱石が『三四郎』の頃言っていたという無意識の偽善は近代の自我、自意識の本質的な性格であるが、内も外もない自覚ということは、愛については絶対の愛、愛の成就をいうものであろう。無意識の偽善という自意識の持つ本質的な不安を、漱石は『明暗』では「思慮に充ちた不安(十一)」としているのであって、勿論それは『彼岸過迄(明45・1・2 ― 4・29)』の「恐れる男」と別ではない筈である。(P.19)＞

津田の、この「思慮に充ちた不安」は、清子の、「たゞ微笑した丈であつた。其微笑には弁解がなかつた。」(第百八十四章）と、明らかに「対称」をなすものである。「弁解のない微笑」は、「思慮に充ちた不安」のアントニム（対義語）である。

②、北山正迪の、〈漱石と『明暗』〉（『文学』第三十四巻第二号、岩波書店、昭和四十一年（一九六六年）二月）に、次の見解が、ある。

〈『明暗』に於ける諸人物の葛藤は「弁解のない微笑」を見せる清子を突然理由もなく失った「思慮に充ちた不安」である津田に中心がおかれている。それは自己の実在性の喪失に気づいた自我の設定であろう。津田はその故に清子と相会わねばならぬ必然性を自己自身のうちにもっている。臆測が許されれば併しその間に恋愛は成立し得ない。寧ろその出会いを通してお延との紐帯が深まり、両者の自己変容がそれに伴ってゆかなければ清子の本質が崩壊するであろう。自己の自由性を、考えるということに見出し、絶えず真実の連帯を希求している近代的自我のもつ、本質的なその宿命への鋭い査察がここにはあるのである。漱石はここでは「有る」ということへの問も問うているのであるが、自我に於ける自由性への希求も連帯性への希求も「有る」ということへの希求の変形であるならば、「思慮に充ちた不安」である津田の自我の追求は自らその問題を明るみに導かなければならない筈である。（P.81）〉

第二章の、評釈⑨（page 42）、参照。

第十一章

2

細君は津田を前に置いてお延の様子を形容する言葉を思案するらしかつた。津田は多少の好奇心をもつて、それを待ち受けた。

「まあ老成よ。本当に怜悧な方ね、あんな怜悧な方は滅多に見た事がない。大事にして御上げなさいよ」

（第十一章）


㈠、第百四十二章に、次の如く、ある。

【夫人は、（中　略）教へるやうに津田に云つた。

「あの方は少し己惚れ過ぎてる所があるのよ。それから内側と外側がまだ一致しないのね。上部は大変鄭寧で、お腹の中は確かりし過ぎる位確かりしてゐるんだから。それに利巧だから外へは出さないけれども、あれで中々慢気が多いのよ。だからそんなものを皆んな取つちまはなくつちや……」】

第十二章

五月二十九日執筆（推定）
大正五年（一九一六年）六月　六日・「東京朝日新聞」
大正五年（一九一六年）六月　五日・「大阪朝日新聞」

①

彼はある意味に於て、此細君から子供扱ひにされるのを好いてゐた。それは子供扱ひにされるために二人の間に起る一種の親しみを自分が握る事が出来たからである。（中　略）同時に彼は吉川の細君などが何うしても子供扱ひにする事の出来ない自己を裕に有つてゐた。彼は其自己をわざと押し蔵して細君の前に立つ用意を忘れなかつた。

（第十二章）

㈠、第百十七章に、次の如く、ある。

【彼女は、飽く迄素直に、飽く迄閑雅な態度を、絶えず彼の前に示す事を忘れないと共に、何うしても亦彼の自由にならない点を、同様な程度でちやんと有つてゐた。】

「子供扱ひにする事の出来ない自己」、「何うしても亦彼の自由にならない点」も、津田とお延は、共有している。

第十二章

2

医者の専門が、自分の病気以外の或方面に属するので、婦人などはあまり其所へ近付かない方が可いと云はうとした津田は、少し口籠つて躊躇した。

（第十二章）

㈠、①、第二十九章に、次の如く、ある。

【小林は追ひ掛けて、其病院のある所だの、医者の名だのを、左も自分に必要な知識らしく訊いた。医者の名が自分と同じ小林なので「はあそれぢやあの堀さんの」と云つたが急に黙つてしまつた。堀といふのは津田の妹婿の姓であつた。彼がある特殊な病気のために、つい近所にゐる其医者の許へ通つたのを小林はよく知つてゐたのである。】

②、第十七章に、次の如く、ある。

【彼が去年の暮以来此医者の家で思ひ掛なく会つた二人の男の事を考へた。

其一人は事実彼の妹婿に外ならなかつた。此暗い室の中で突然彼の姿を認めた時、津田は吃驚した。そんな事に対して比較的無頓着な相手も、津田の驚ろき方が反響したために、一寸挨拶に窮したらしかつた。

他の一人は友達であつた。是は津田が自分と同性質の病気に罹つてゐるものと思ひ込んで、向ふから平気に声を掛けた。】

③、第九十一章に、次の如く、ある。

【器量望みで貰はれたお秀は、堀の所へ片付いてから始めて夫の性質を知つた。放蕩の酒で臓腑を洗濯されたやうな

彼の趣も漸く解する事が出来た。】

㈡、十川信介の、〈注解〉（『漱石全集』第十一巻、岩波書店、平成六年（一九九四年）十一月）に、次の注解が、ある。

〈医者の専門が……或方面に属する　「十七」に、彼等（患者）は「寧ろ華やかに彩られたその過去の断片のために、急に黒い影を投げかけられるのである」とあるように、ここで、「或方面」は梅毒などの性病を指している。当時の開業医は次第に専門的に分化しつつあったが、「皮膚梅毒科」と「肛門科」とは、ほとんどの場合兼業であった（『読売新聞』大正四年十一月二十七日）。新聞や雑誌には痔疾の治療を行なう皮膚病・性病専門医の広告が頻出する。（P. 699）〉

津田が、入院手術することになる、「小林医院」は、「性病」を専門とする、医院である。

「暗い控室の中で、静かに自分の順番の来るのを待つ」（第十七章）、「此陰気な一群の人々」（第十七章）という待合風景の描写に、「性病院」であることが強調されている。

第十二章

第十三章

五月三十　日執筆（推定）
大正五年（一九一六年）六月　八日・「東京朝日新聞」
大正五年（一九一六年）六月　六日・「大阪朝日新聞」

①

彼は広い通りへ来て其所から電車へ乗つた。堀端を沿ふて走る其電車の窓硝子の外には、黒い水と黒い土手と、それから其土手の上に蟠まる黒い松の木が見える丈であつた。

車内の片隅に席を取つた彼は、窓を透して此さむざむしい秋の夜の景色に一寸眼を注いだ後、すぐ又外の事を考へなければならなかつた。彼は面倒になつて昨夕は其儘にして置いた金の工面を何うかしなければならない位地にあつた。彼はすぐ又吉川の細君の事を思ひ出した。（第十三章）

㈠、津田は、「秋の夜の景色に一寸眼を注いだ」だけで、「黒い水」と、「黒い松の木」は、今回は、津田の「意識」を掠めない。

「黒い水」と、「黒い松の木」という、同じ「秋の夜の景色」の中を、津田を乗せた馬車が、のちに（最終回近く第百七十二章で）、進むことになるであろう。

第百七十二章に、次の如く、ある。

【一方には空を凌ぐほどの高い樹が聳えてゐた。星月夜の光に映る物凄い影から判断すると古松らしい其木と、突然一方に聞こえ出した奔湍の音とが、久しく都会の中を出なかつた津田の心に不時の一転化を与へた。彼は忘れた記憶を思ひ出した時のやうな気分になつた。

「あゝ世の中には、斯んなものが存在してゐたのだつけ、何うして今迄それを忘れてゐたのだらう」

不幸にして此述懐は孤立の儘消滅する事を許されなかつた。】

今回は、「此述懐は孤立の儘消滅する事」はなく、津田の「意識」の内側に浸透する。物語の第二部、旅に出てからの津田には、明らかに「意識」の変化が訪れようとする、「件（くだり）」である。

(2)

電車を下りて橋を渡る時、彼は暗い欄干の下に蹲踞まる乞食を見た。其乞食は動く黒い影の様に彼の前に頭を下げた。彼は身に薄い外套を着けてゐた。季節からいふと寧ろ早過ぎる瓦斯煖炉の温かい燄をもう見て来た。けれども乞食と彼との懸隔は今の彼の眼中には殆んど入る余地がなかつた。彼は窮した人のやうに感じた。父が例月の通り金を送つて呉れないのが不都合に思はれた。

（第十三章）

第十三章

第十三章

㈠、①、第二十七章に、次の如く、ある。

【「由雄さんは一体贅沢過ぎるよ」

学校を卒業してから以来の津田は叔母に始終斯う云はれ付けてゐた。（中略）

「えゝ少し贅沢です」

「服装や食物ばかりぢやないのよ。心が派出で贅沢に出来上つてるんだから困るつていふのよ。始終御馳走はないかく〳〵つて、きよろ〳〵其所いらを見廻してる人見た様で」

「ぢや贅沢所か丸で乞食ぢやありませんか」

「乞食ぢやないけれども、自然真面目さが足りない人のやうに見えるのよ。人間は好い加減な所で落ち付くと、大変見つとも好いもんだがね」】

②、第百七十四章に、次の如く、ある。

【婦人は温泉烟の中に乞食の如く蹲踞る津田の裸体姿を一目見るや否や、一旦入り掛けた身体をすぐ後へ引いた。】

乞食は、寒さに震えているであろう。対し、津田は、もう「薄い外套を着けて」いる。一定の給料を会社から貰いながらも、今月、父からの「送金」のないことを、津田は、「不都合」に思う。津田には、「乞食と彼との懸隔は今の彼の眼中には殆んど入る余地」が、ない。自分の事以外には眼の行かない、「自己中心的」な、津田の「在り様」が、「乞食」との対比に、鮮明である。

第十四章

五月三十一日執筆（推定）
大正五年（一九一六年）六月　九日・「東京朝日新聞」
大正五年（一九一六年）六月　八日・「大阪朝日新聞」

①

> 咄嗟の場合津田はお延が何かの力で自分の帰りを予感したやうに思つた。けれども其訳を訊く気にはならなかつた。訳を訊いて笑ひながらはぐらかされるのは、夫の敗北のやうに見えた。
> 彼は澄まして玄関から上へ上がつた。
> （第十四章）

㈠、①、第百八十六章に、次の如く、ある。


【「だから其事実を聴かせて下されば可いんです」

「事実は既に申し上げたぢやないの」

「それは事実の半分か、三分一です。僕は其全部が聴きたいんです」

「困るわね。何といつてお返事をしたら可いんでせう」

「訳ないぢやありませんか、斯ういふ理由があるから、さういふ疑ひを起したんだつて云ひさへすれば、たつた一

第十四章

貴女が隠さうとなさるから――」】

口で済んぢまう事です」

今迄困つてゐたらしい清子は、此時急に腑に落ちたといふ顔付をした。

「あゝ、それがお聴きになりたいの」

「無論です。先刻からそれが伺ひたければこそ、斯うして執濃く貴女を煩はせてゐるんぢやありませんか。それを

②、第百八十七章に、次の如く、ある。
【津田は思ひ切つて、一旦捨てやうとした言葉を又取り上げた。

「それで僕の訊きたいのはですね――」

清子は顔を上げなかつた。津田はそれでも構はずに後を続けた。

「昨夕そんなに驚ろいた貴女が、今朝は又何うしてそんなに平気でゐられるんでせう」

清子は俯向いた儘答へた。】

③、第百八十八章に、次の如く、ある。
【津田はつい「此方でも其訳を訊きに来たんだ」と云ひたくなつた。然し何にも其所に頓着してゐないらしい清子の質問は正直であつた。】

津田は、「其訳を訊き」たい。その「訳」「理由」を、求めないではおれない人間である。

しかし、対する相手が、お延（第十四章）と、清子（第百八十六章、第百八十七章、第百八十八章）では、訊く方の津田自身の側にも、こうも違った「態度」が、必然とされてしまう。

㈡、北山正迪の、〈漱石「私の個人主義」について ― 『明暗』の結末の方向 ―〉（『文学』第四十五巻第十二号、岩波書店、昭和五十二年（一九七七年）十二月）に、次の見解が、ある。
〈現在の『明暗』の終りの数章には、どこまでも理由を求めないではいられない男と、理由を外れた場所、何故なしのところからそれに応じている女の対話ということが際立っているのである。（P.26）〉

②

彼が結婚後家計膨脹といふ名義の下に、毎月の不足を、京都にゐる父から塡補して貰ふ事になつた一面には、盆暮の賞与で、その何分かを返済するといふ条件があつた。彼は色々の事情から、此夏その条件を履行しなかつたために、彼の父は既に感情を害してゐた。

（第十四章）

第七章の、評釈①（page 66）、参照。

第十四章

第十五章

六月　一日執筆（推定）
大正五年（一九一六年）六月　十　日・「東京朝日新聞」
大正五年（一九一六年）六月　九日・「大阪朝日新聞」

①

西洋流のレターペーパーを使ひつけた彼は、机の抽斗からラエンダー色の紙と封筒とを取り出して、其紙の上へ万年筆で何心なく二三行書きかけた時、不図気がついた。

（第十五章）


㈠、①、第三十九章に、次の如く、ある。


【「病院へ持つて行くものを纏めなくつちや」

津田の言葉と共に、お延はすぐ自分の後にある戸棚を開けた。

「此所に揃へてあるから一寸見て頂戴」

（中　略）　鞄の中からは、楊枝だの歯磨粉だの、使ひつけたラエンダー色の書翰用紙だの、同じ色の封筒だの、万年筆だの、小さい鋏だの、毛抜だのが雑然と現はれた。】

②、第百二十二章に、次の如く、ある。

【彼は床の上に置かれた小型の化粧箱を取り除けて、其下から例のレターペーパーと同じラエンダー色の封筒を引き抜くや否や、すぐ万年筆を走らせた。】

③、第十九章に、次の如く、ある。

【お延は手早く包紙を解いて、中から紅茶の缶と、麺麭と牛酪を取り出した。

「おや〳〵是召しやがるの。そんなら時を取りに御遣りになれば可いのに」

「なに彼奴ぢや分らない。何を買つて来るか知れやしない」

やがて好い香のするトーストと濃いけむりを立てるウーロン茶とがお延の手で用意された。

朝飯とも午飯とも片のつかない、極めて単純な西洋流の食事を済ました後で、津田は独りごとのやうに云つた。】

④、第百四十一章に、次の如く、ある。

【ことに自己の快楽を人間の主題にして生活しようとする津田には滅多にない誂へ向きの機会であつた。】

津田は、自己の「嗜好」「価値観」が、決まっている。あくまで「西洋的」であり、「ナウ」い。「自己の快楽を人間の主題にして生活しようとする津田」の、西洋流の「趣向」が、使いつけた「ラエンダー色のレターペーパー」と、「ラエンダー色の封筒」に、象徴されている。

第十五章、小説の、「第二日目」（木曜日）が、終わる。

第十五章

第十六章

六月　二日執筆（推定）
大正五年（一九一六年）六月　十一日・「東京朝日新聞」
大正五年（一九一六年）六月　十　日・「大阪朝日新聞」

第十六章、小説の、「第三日目」（金曜日）が、始まる。

①

「おい君、お父さんは近頃何うしたね。相変らずお丈夫かね」

振り返つた津田の鼻を葉巻の好い香が急に冒した。

「へえ、有難う、お陰さまで達者で御座います」

「大方詩でも作つて遊んでるんだらう。気楽で好いね。昨夕も岡本と或所で落ち合つて、君のお父さんの噂をしたがね。（中　略）」

（第十六章）


第九章の、評釈②（page 75）、参照。

第十七章

六月　三日執筆（推定）
大正五年（一九一六年）六月　十三日・「東京朝日新聞」
大正五年（一九一六年）六月　十一日・「大阪朝日新聞」

①

此陰気な一群の人々は、殆んど例外なしに似たり寄つたりの過去を有つてゐるものばかりであつた。彼等は斯うして暗い控室の中で、静かに自分の順番の来るのを待つてゐる間に、寧ろ華やかに彩られたその過去の断片のために、急に黒い影を投げかけられるのである。（第十七章）

㈠、津田が、入院加療しようとする医院は、「性病院」である。

第十二章の、評釈②（page 82）、参照。

㈡、加藤二郎の、〈『明暗』論 ―― 津田と清子 ―― 〉（『文学』第五十六巻第四号、岩波書店、昭和六十三年（一九八八年）四月）に、次の見解が、ある。

＜『明暗』に於て漱石は性病院というものを作品の主な場所として設定しており、（中　略）近代の文学に於て性病院という様な場所が文学の主な場とされるという様なことがあったであろうか。例えば結核療養所が文学の場とされ、そこから堀辰雄等を典型とする特有の抒情文芸が産み出されるという様なことはあった。漱石に於ても結核は、『明暗』の津田にあっても彼の痔疾の「結核性」の有無が極度の畏怖の対象とされているという様な事情等はある。併し漱石は結核を作品の主な主題とすることはなく、『明暗』の場は性病院という様な所に置かれたのである。このことは漱石の意識に、小林のシニシズムの所謂「一体芸者と貴婦人とは何所が何う違ふんだ」とされた様な、そうした風俗を現出しつつあった大正期に入った近代日本総体のいわば生理への問、それがあったことを告げるものであろう。人間の開かれた関係性への問が漱石の根本の問題とされたこと、そのことが『明暗』の場の問題ともかかわる筈であり、結核の治癒可能というその後の病理史の展開は、結核を文学の主題としなかった漱石の選択が結果的にも正しかったことを語るものと言える。堀辰雄等の文学を可能としたもの、従ってその抒情の性格を規定したものが、結核という病そのものの社会的な隔離性乃至は閉鎖性であったこと、そのことが思われるべきである。『明暗』の場としての性病院、近代の日本社会の生理といっても、それは無論単に限定的な意味でのそれということではない。政治的・経済的・文化的その他様々の人間的営為の総体に於ける、象徴性を帯びたものとしてのそれということであり、そうした課題性を津田・お延・清子・小林等々の人物の相互性の内に問おうとした作品『明暗』の未完結は、寧ろそのこと自体に於て、近・現代の日本の歴史的社会的な時熟と成熟とへの試金石として、その存在意義を発揮し続けて来たとも言える様に思われる。（P.122）＞

2

> 津田は長椅子の肘掛に腕を載せて手を額に中てた。彼は黙禱を神に捧げるやうな此姿勢のもとに、彼が去年の暮以来此医者の家で思い掛なく会つた二人の男の事を考へた。
> （第十七章）

㈠、①、第七十八章に、次の如く、ある。

【彼女は手紙を巻いた。さうして心の中でそれを受取る父母に断つた。

「この手紙に書いてある事は、何処から何処迄本当です。嘘や、気休めや、誇張は、一字もありません。（中略）私があなた方を安心させるために、わざと欺騙の手紙を書いたのだといふものがあつたなら、其人は眼の明いた盲人です。其人こそ嘘吐です。どうぞ此手紙を上げる私を信用して下さい。神様は既に信用してゐらつしやるのですから」

お延は封書を枕元へ置いて寐た。】

前作『道草』と比較して、『明暗』には、「神」という表現は、少ない。

『明暗』に於いて、「神」という言葉が現れるのは、津田（第十七章）に一回と、お延（第七十八章）に一回の、合わせて、二回のみである。

②、＜『道草』から『明暗』へ＞（［シンポジウム］日本文学14『夏目漱石』、学生社、昭和五十年（一九七五年）十一月）に、佐藤泰正の、次の発言が、ある。

＜**佐藤**　高木さん、いかがでしょうか。神という問題が『明暗』で二か所だけ出ます。一つは、例の医院の待合室で、神に祈るようなうつむいた姿でいる津田。もう一つは、お延が両親に書く手紙で、私と津田は一生懸命、幸福にやっていますよ。この、手紙を上げる私を信用して下さい。神様はすでに信用していらっしゃるのですからという、あそこで神を持ち出す漱石というのに、私はお延に対するいとしみを感じますね。

高木　非常にすなおに出しましたね。

佐藤　津田というのは、あとで闇の中をひとり温泉場に向かう、あの深い不安の場面が出てくるのですけれども、病院の待合室で神に祈るがごときというのは、暗い舞台で、そこだけスポットライトがすうっと当たっている。まわりは深い闇、お延は明るい書き割りの前で一生懸命働いているけなげさ、限界はあるけれども、そういう明暗というか神の出てくるこのふたつは非常に対照的ですね。あれを教えておりまして、学生もあの二つの対照に目をとめまして、なるほどなと……。（P.202）＞

3

> 他の一人は友達であった。是は津田が自分と同性質の病気に罹つてゐるものと思ひ込んで、向ふから平気に声を掛けた。彼等は其時二人一所に医者の門を出て、晩飯を食ひながら、性（セツクス）と愛（ラヴ）といふ問題に就いて六づかしい議論をした。
>
> （第十七章）

㈠、「性」に、「セツクス」と、ルビが振られている。もう一カ所、第二十五章にも、次の如く、ある。

【四十の上をもう三つか四つ越した此叔母の態度には、殆んど愛想といふものがなかつた。其代り時と場合によると世間並の遠慮を超越した自然が出た。其中には殆んど性(セツクス)の感じを離れた自然さへあつた。津田は何時でも此叔母と吉川の細君とを腹の中で比較した。さうして何時でも其相違に驚ろいた。同じ女、しかも年齢のさう違はない二人の女が、何うして斯んなに違つた感じを他に与へる事が出来るかといふのが、第一の疑問であつた。

「叔母さんは相変らず色気がないな」

「此年齢になつて色気があつちや気狂だわ」】

㈡、①、〈注解〉（『漱石文学全集』第九巻、集英社、昭和四十七年（一九七二年）十二月）に、次の注解が、ある。

〈愛に「ラヴ」と振り仮名を付けることは、明治時代から珍しくなかったが、性に「セックス」と振り仮名を用いるのは、当時としては新しかった。（中　略）「性(セツクス)」は、大江健三郎が「性(セクス)」とフランス語表記を使ったときに似て、新鮮な感じを与えた。なお、当時の思想としては、性と愛を結びつけることは余り行なわれていない。

（P.780）〉

②、十川信介の、〈注解〉（『漱石全集』第十一巻、岩波書店、平成六年（一九九四年）十一月）に、次の注解が、ある。

〈なお原稿では、この部分の表記はまず「セツクスとラヴ」と書かれ、次いで左側に漢字が添えられて片仮名が傍訓に変えられている（図(ママ)）。「セツクス」というルビは、たとえば坪内逍遥『当世書生気質』（明治十八年）に「情(セツ)

第十七章

慾」、野上臼川「結婚の進化」（『中央公論』大正四年十月）に「性」などがある。（P.702）＞

㈢、＜『道草』から『明暗』へ＞（［シンポジウム］日本文学14『夏目漱石』、学生社、昭和五十年（一九七五年）十一月）に、相原和邦の、次の発言が、ある。

＜**相原**　（中　略）愛ということばだけで『明暗』をつかまえていくと、逃げるものがある。確かに漱石文学の一貫したテーマとしての愛の問題も出ているけれども、『道草』あたりからさらに生理の問題が出てきます。『道草』のお住というのは、愛の希求の対象であると同時に、出産とか、病気とかいう場面で彼女の持つ生理的なものが見つめられていますね。

平岡　『行人』でセックスの問題が出ている。

相原　「手触を挑むやうな柔らかさ……」。あそこらから出てきて、『明暗』では津田が議論するときに、「セックスとラブの問題」……。

平岡　それが関、清子の夫なんです。

相原　ラブの問題と同時にセックスの問題が出ている。そこに新しい点がある。近代文学における男女の問題を大きく愛の文学でくるとすれば戦後の現代文学は総じてセックスの文学になっているわけですけれども、大ざっぱに言って、愛から性の問題へ移っていく端緒の問題があそこから出てきている。ともすると古臭い道学者的側面のみを強調される漱石の晩年の文学に、早くもきわめて現代的な要素が顔をのぞかせている。そういうこともあるわけです。

（P.191）＞

4

> 妹婿の事は一時の驚ろき丈で、大した影響もなく済んだが、それぎりで後のなささうに思へた友達と彼との間には、其後異常な結果が生れた。
> 其時の友達の言葉と今の友達の境遇とを連結して考へなければならなかつた津田は、突然衝撃を受けた人のやうに、眼を開いて額から手を放した。
> （第十七章）

㈠、第百四十章に、次の如く、ある。

【夫人は津田のために親切な説明を加へて呉れた。彼女の云ふ所によると、目的の人は静養のため、当分其所に逗留してゐるのであつた。夫人は何で静養が其人に必要であるかをさへ知つてゐた。流産後の身体を回復するのが主眼だと云つて聴かせた夫人は、津田を見て意味ありげに微笑した。】

㈡、この「友達」を、津田の、かつての恋人・清子の、夫・「関」とする説が、早くからある。

①、岡崎義恵の、〈「明暗」「硝子戸の中」の女〉（『漱石と微笑』、生活社、昭和二十二年（一九四七年）三月）に、次の指摘が、ある。

〈関については何等記述される所がないが、津田が通つてゐた病院の待合室で、一人の旧友に逢ひ、晩飯を食ひながら、性（セックス）と愛（ラブ）といふ問題についてむづかしい議論をしたといふことが第十七章に描かれてゐる。この友と津田は異常な関係を生じ、その友の言葉と境遇とを結びつけて考へると或衝撃を受けたといふ。この友が関のことではないかと

第十七章

云ふ説がある。若しこの男が関で、それが悪い病気の為にこの病院に来てゐたとすれば、清子の湯治も悪疾の伝染した為であるかも知れず、関の不道徳な生活も想像され、(P.194)〉

②、内田道雄の、〈『明暗』〉(『日本近代文学』第5集、三省堂、昭和四十一年(一九六六年)十一月)に、次の指摘が、ある。

〈この関なる人物について清子は、「朝から晩迄忙がしさうにして」働いている気の毒な人間であると語っている(百八十八)。その語り口には清子の夫への関与の仕方の特徴は十分には匂って来ない。ところが、「十七」で、津田が小林医院(これは、津田のような病気の他、性病科を兼ねた病院であると推定される。)で、且てそこで出会ったことのある人物として回想する二人の男の中の一人が関であるという推定(岡崎義恵『漱石と微笑』)が、僕には確実であると考えられる。それは、二人の中の他が妹婿の堀であったのに対して、「妹婿の事は一時の驚ろき丈で、大した影響もなく済んだが、それぎりで後のなさゝうに思へた友人達と彼との間には、其後異常な結果が生れた。其時の友達の言葉と今の友達の境遇とを連結して考へなければならなかった津田は、突然衝撃を受けた人のやうに、眼を開いて額から手を放した。」という書きぶりにうかがえるのである。このような書き方は清子にかかわりのある人物を指し示す以外には考えられない重大な意味付けである。(P.76)〉

第十八章

大正五年（一九一六年）六月　十四日・「東京朝日新聞」
大正五年（一九一六年）六月　十三日・「大阪朝日新聞」

六月　四日執筆（推定）

（1）

彼女は後ろ向になつて、重ね簞笥の一番下の抽斗から、ネルを重ねた銘仙の褞袍を出して夫の前へ置いた。

「一寸着て見て頂戴。まだ圧しが好く利いてゐないかも知れないけども」

津田は烟に巻かれたやうな顔をして、黒八丈の襟のかゝつた荒い竪縞の褞袍を見守もつた。それは自分の買つた品でもなければ、拵へて呉れと誂へた物でもなかつた。

「何うしたんだい。是は」

「拵えたのよ。貴方が病院へ入る時の用心に。あゝいふ所で、あんまり変な服装をしてゐるのは見つともないから」

「何時の間に拵へたのかね」

彼が手術のため一週間ばかり家を空けなければならないと云つて、其訳をお延に話したのは、つい二三日前の事であつた。其上彼はその日から今日に至る迄、ついぞ針を持つて裁物板の前に坐つた細君の姿を見た事がなかつた。彼は不思議の感に打たれざるを得なかつた。お延は又夫の此驚きを恰も自分の労力に対する報酬の如くに眺めた。さうしてわざと説明も何も加へなかつた。

「布は買つたのかい」

「いゝえ、是あたしの御古よ。此冬着やうと思つて、洗張をした儘仕立てずに仕舞つといたの」

成程若い女の着る柄丈に、縞がたゞ荒いばかりでなく、色合も何方かといふと寧ろ派出過ぎた。

（第十八章）

㈠、「良き妻」ぶりを発揮している、「健気な」お延が、居る。

①、第百五十三章、「退院の日の会話」に、次の如く、ある。

【「今度はお前の拵へて呉れた褞袍で助かつたよ。綿が新らしい所為か大変着心地が好いね」

お延は笑ひながら夫を冷嘲した。

「何うなすつたの。なんだか急にお世辞が旨くおなりね。だけど、違つてるのよ、貴方の鑑定は」

お延は問題の褞袍を畳みながら、新らしい綿ばかりを入れなかつた事実を夫に白状した。（中　略）

「お気に召したらどうぞ温泉へも持つて入らしつて下さい」

「さうして時々お前の親切でも思ひ出すかな」

「然し宿屋で貸して呉れる褞袍の方がずつと可かつたり何かすると、いゝ耻つ搔きね、あたしの方は」

「そんな事はないよ」

「いえあるのよ。品質が悪いと何うしても損ね、さういふ時には。親切なんかすぐ何処かへ飛んでつちまふんだから」

無邪気なお延の言葉は、彼女の意味する通りの単純さで津田の耳へは響かなかつた。其所には一種のアイロニーが顫動してゐた。褞袍は何かの象徴であるらしく受け取れた。多少気味の悪くなつた津田は、お延に背中を向けた儘で、兵児帯の先をこま結びに結んだ。】

②、第百七十七章に、次の如く、ある。

【彼は烟草へ火を点けようとして枕元にある燐寸を取つた。其時袖畳みにして下女が衣桁へ掛けて行つた褞袍が眼に入つた。気が付いて見ると、お延の鞄へ入れて呉れたのは其儘にして、先刻宿で出したのを着たなり、自分は床の中へ入つてゐた。彼は病院を出る時、新調の褞袍に対してお延に使つたお世辞を忽ち思ひ出した。同時にお延の返事も記憶の舞台に呼び起された。

「何方が好いか比べて御覧なさい」

褞袍は果して宿の方が上等であつた。銘仙と糸織の区別は彼の眼にも一目瞭然であつた。褞袍を見較べると共に、細君を前に置いて、内々心の中で考へた当時の事が再び意識の域上に現はれた。

「お延と清子」

独り斯う云つた彼は忽ち吸殻を灰吹の中へ打ち込んで、其底から出るじいといふ音を聴いたなり、すぐ夜具を頭から被つた。】

㈡、①、唐木順三の、〈『明暗』論〉（『夏目漱石』所収、国際日本研究所、昭和四十一年（一九六六年）八月）に、次の指摘が、ある。

＜津田は清子のゐる温泉宿で更に一人で反省してみる。このままでゐるか一歩ふみだすか。さうしてそれは延子のもたせてよこした褞袍と宿のそれとを比べてみることから、清子と延子とを比較し始める。宿の褞袍の方が上等であるといふ結論は津田にとつてはただならぬものを意味してゐる。（P.145）＞

②、＜鼎談＞（「漱石作品論集成」第十二巻・『明暗』、桜楓社、平成三年（一九九一年）十一月）に、藤井淑禎の、次の発言が、ある。

＜唐木さんので「褞袍」が出てくるところがありまして、要するに、延子がもたせた褞袍よりも、宿の褞袍のほうが上等であるというのがあって、「宿の褞袍の方が上等であるといふ結論は津田にとつてはただならぬものを意味してゐる」というのがあって、とてもセンスのある面白い指摘だと思うのですが、これがあんまり発展させられていなくて、もっとこういうところを膨らませていくと、批評家や研究者の書く論文というのも面白くなるんじゃないかと思うのですけど。（P.393）＞

第十八章、小説の、「第三日目」（金曜日）が、終わる。

第十九章

六月　五日執筆（推定）
大正五年（一九一六年）六月　十五日・「東京朝日新聞」
大正五年（一九一六年）六月　十四日・「大阪朝日新聞」

第十九章、小説の、「第四日目」（土曜日）が、始まる。「入院・手術」の、前日である。

①

座敷から玄関を通つて茶の間の障子を開けた彼は、其所の火鉢の傍にきちんと座つて新聞を手にしてゐる細君を見た。

（第十九章）

㈠、①、『虞美人草』（明治四十年・六月〜十月）の、第七章に、次の如く、ある。

【二人は食卓を立つた。孤堂先生の車室を通り抜けた時、先生は顔の前に朝日新聞を一面に拡げて、小夜子は小さい口に、玉子焼をすくひ込んで居た。】

②、『三四郎』（明治四十一年・九月～十二月）の、第一章に、次の如く、ある。

【それよりは前にゐる人の新聞を借りたくなつた。生憎前の人はぐう〳〵寐てゐる。三四郎は手を延ばして新聞に手を掛けながら、わざと「御明きですか」と髭のある男に聞いた。男は平気な顔で「明いてるでせう。御読みなさい」と云つた。新聞を手に取つた三四郎の方は却つて平気でなかつた。開けて見ると新聞には別に見る程の事も載つてゐない。一二分で通読して仕舞つた。】

③、『それから』（明治四十二年・六月～十月）の、第一章に、次の如く、ある。

【彼は心臓から手を放して、枕元の新聞を取り上げた。夜具の中から両手を出して、大きく左右に開くと、左側に男が女を斬つてゐる絵があつた。彼はすぐ外の頁へ眼を移した。其所には学校騒動が大きな活字で出てゐる。代助は、しばらく、それを読んでゐたが、やがて、倦怠さうな手から、はたりと新聞を夜具の上に落した。】

「新聞」を拡げているのは、孤堂先生、三四郎、代助と、その「ジェンダー」は、「男性」であった。対し『明暗』では、「女性」である、お延の「新聞を手にしてゐる」日常性の断片が、さり気なく点描されている。『明暗』には、「ジェンダー」の差異はない。

こんな片鱗にも、『明暗』の持つ「新しさ」を、云い得る。

2

津田は二ケ月以上手を入れない自分の頭に気が付いた。永く髪を刈らないと、心持番の小さい彼の帽子が、被るたんびに少しづゝきしんで来るやうだといふ、つい昨日の朝受けた新らしい感じ迄思ひ出した。（第十九章）

㈠、『道草』（大正四年・六月～九月）の、第一章に、次の如く、ある。

【彼の位地も境遇もその時分から見ると丸で変つてゐた。黒い髭を生して山高帽を被つた今の姿と坊主頭の昔の面影とを比べて見ると、自分でさへ隔世の感が起らないとも限らなかつた。然しそれにしては相手の方があまりに変らな過ぎた。（中　略）帽子なしで外出する昔ながらの癖を今でも押通してゐる其人の特色も、彼には異な気分を与へる媒介となつた。】

前作『道草』において、健三は、「山高帽を被つた」男、島田は、「帽子を被らない男」（第二章）として、明らかに、対比されている。

「帽子を被らない」という表現に、「島田の自我」の、剝き出しなっているということが象徴されている。島田は、「金銭上の欲を満たさうとして、其欲に伴なはない程度の幼稚な頭脳を精一杯に働らかせてゐる」（第四十八章）。対し、「山高帽を被つた」という表現に、「健三の自我」の、被われているということが象徴されている。

「教育が違ふんだから仕方がない」（第三章）と、「誇りと満足」（第一章）を持つ健三は、しかし、「姉はたゞ露骨な丈なんだ。教育の皮を剝けば己だつて大した変りはないんだ」（第六十七章）と、自己の「卑小さ」が、脳裏を掠める。

第十九章

㈡、第百七十五章に、次の如く、ある。

【彼はすぐ水から視線を外した。すると同じ視線が突然人の姿に行き当つたので、彼ははつとして、眼を据ゑた。然しそれは洗面所の横に懸けられた大きな鏡に映る自分の影像に過ぎなかつた。鏡は等身と云へない迄も大きかつた。（中　略）　彼は相手の自分である事が気が付いた後でも、猶鏡から眼を放す事が出来なかつた。湯上りの彼の血色は寧ろ蒼かつた。彼には其意味が解せなかつた。久しく刈込を怠つた髪は乱れた儘で頭に生ひ被さつてゐた。風呂で濡らしたばかりの色が漆のやうに光つた。何故だかそれが彼の眼には暴風雨に荒らされた後の庭先らしく思へた。

彼は眼鼻立の整つた好男子であつた。顔の肌理も男としては勿体ない位濃かに出来上がつてゐた。彼は何時でも其所に自信を有つてゐた。鏡に対する結果としては此自信を確かめる場合ばかりが彼の記憶に残つてゐた。だから何時もと違つた不満足な印象が鏡の中に現はれた時に、彼は少し驚ろいた。是が自分だと認定する前に、是は自分の幽霊だといふ気が先づ彼の心を襲つた。凄くなつた彼には、抵抗力があつた。彼は眼を大きくして、猶の事自分の姿を見詰めた。すぐ二足ばかり前へ出て鏡の前にある櫛を取上げた。それからわざと落付いて綺麗に自分の髪を分けた。】

「心持番の小さい彼の帽子」が、体裁よく、「津田の自我」を包んではいる。

しかし、温泉宿の「第一日」目、津田は、見窄らしい「自己」の姿を、垣間見る。

「久しく刈込を怠つた髪は乱れた儘で頭に生ひ被さ」り、「何故だかそれが彼の眼には暴風雨に荒らされた後の庭先らしく思」え、「是が自分だと認定する前に、是は自分の幽霊だといふ気が先づ彼の心を襲」う。

この蒼ざめた、「幽霊」のような姿こそが、実は、「津田の正体」の、何かであるであろう。

小説の後半部で、やがて津田は、否応なく、剝き出しになった「自己の裸身」と、対峙することになるだろう。

3

> お延は手早く包紙を解いて、中から紅茶の缶と、麵麭と牛酪を取り出した。
> 「おや〳〵是召しやがるの。そんなら時を取りに御遣りになれば可いのに」
> 「なに彼奴ぢや分らない。何を買つて来るか知れやしない」
> やがて好い香のするトーストと濃いけむりを立てるウーロン茶とがお延の手で用意された。
>
> （第十九章）

㈠、①、第二十九章に、次の如く、ある。

【津田が手術の準備だと云つて、折角叔母の拵へて呉れた肉にも肴にも、日頃大好きな茸飯にも手を付けないので、流石の叔母も気の毒がつて、お金さんに頼んで、彼の口にする事の出来る麵麭と牛乳を買つて来させようとした。ねと〳〵して無暗に歯の間に挟まる此所いらの麵麭に内心辟易しながら、又贅沢だと云はれるのが少し怖いので、津田はたゞ大人しく茶の間を立つお金さんの後姿を見送つた。】

②、第百六十二章に、次の如く、ある。

【「嘘を云ふな。君位鑑賞力の豊富な男は実際世間に少ないんだ」

津田は苦笑せざるを得なかつた。

（中　略）

「事実を云ふんだ、馬鹿にするものか。君のやうに女を鑑賞する能力の発達したものが、芸術を粗末にする訳がな

いんだ。ねえ原、女が好きな以上、芸術も好きに極つてるね。いくら隠したつて駄目だよ」】

「麵麭」一つだにも、デリケートな、津田の「嗜好」加減が、云われている。あくまでも、「自己の快楽を人間の主題にして生活しようとする津田」（第百四十一章）の、属性である。

第十五章の、評釈①（page 91）**、参照。**

第二十章

六月　六日執筆（推定）
大正五年（一九一六年）六月　十六日・「東京朝日新聞」
大正五年（一九一六年）六月　十五日・「大阪朝日新聞」

①

藤井といふのは津田の父の弟であつた。　（中　略）
早くから彼を其弟に託して、一切の面倒を見て貰ふ事にした。だから津田は手もなく此叔父に育て上げられたやうなものであつた。（第二十章）

㈠、①、第六十一章に、次の如く、ある。

【小さいうちから彼の世話になつて成長したお延は、色々の角度で出没する此叔父の特色を他人より能く承知してゐた。】

②、第六十二章に、次の如く、ある。
【親身の叔母よりも却つて義理の叔父の方を、心の中で好いてゐたお延は、其報酬として、自分も此叔父から特別に

可愛がられてゐるといふ信念を常に有つてゐた。】

③、第七十章に、次の如く、ある。

【継子の居間は取りも直さず津田に行く前のお延の居間であつた。其所に机を並べて二人ゐた昔の心持が、まだ壁にも天井にも残つてゐた。　（中　略）　四方を見廻したお延は、従妹と共に暮した処女時代の匂を至る所に嗅いだ。】

津田は、藤井の「叔父」夫婦の家庭で、お延は、岡本の「叔母」夫婦の家庭で、人成った。

漱石は、『三四郎』（明治四十一年・九月〜十二月）で、「現代の女性」（第六章）の典型を造型してみせたが、その「今の一般の女性」（第六章）・その「現代の女性」の代表である「美禰子」を指して、「美禰子の父母の存在を想像するのは滑稽であると云はぬ許である」（第五章）と、よし子に、云わせている。

主人公、「津田」と「お延」は、共に「父母」から切り離された存在として、出発させられている。それは、小説『明暗』の主人公に、如何にも相応しい。

だから、小説の舞台も、「京都」ではなく、あくまで「東京」である。

拙者の、『虞美人草』（明治四十年・六月〜十月）に触れての、「旧稿」を、次に、引く。

＜鼎談＞（「漱石作品論集成」第三巻・『虞美人草・野分・坑夫』、桜楓社、平成三年（一九九一年）七月）に、次のように、述べた。

＜京都 ―― それは小夜子の琴に代表される古い伝統の世界、対し東京は ―― 小野さんのヴァイオリンに代表される進歩を肯定し変容する世界であって、この対比は鮮やかです。そしてこの問題は、最後の『明暗』にまで糸を引いており、主人公の津田夫婦が東京を舞台としているのに対し、津田・お延の両親は共に京都に居を構えていて、そして津田とお延が出会ったのも、実は、津田の父親が架蔵する『明詩別裁』・『呉梅村詩』（第七十九章）という漢籍の貸し借りを通してであったわけです。この井上孤堂先生も漢文の先生ですね、そこから小野さんは飛び立って東京の世界に行った。　（中　略）　そして、比喩として言えば、漱石は伝統の琴ではなく、変容するヴァイオリンをあくまで弾き続けた作家であったと……。（P.270）＞

作家漱石の「関心」の所在は、あくまで、「今の一般の女性」「現代の女性」である、「美禰子」であり、「藤尾」であり、そして「お延」である。

②

実際の世の中に立って、端的な事実と組み打ちをして働らいた経験のない此叔父は、一面に於て当然迂闊な人生批評家でなければならないと同時に、一面に於ては甚だ鋭利な観察者であつた。さうして其鋭利な点は悉く彼の迂闊な所から生み出されてゐた。言葉を換へていふと、彼は迂闊の御蔭で奇警な事を云つたり為たりした。

彼の知識は豊富な代りに雑駁であつた。従つて彼は多くの問題に口を出したがつた。けれども何時迄行つても傍観者の態度を離れる事が出来なかつた。それは彼の位地が彼を余儀なくする許でなく、彼の性質が彼を其所に抑え付けて置く所為でもあつた。彼は或頭を有つてゐた。けれども彼には手がなかつた。若くは手があつても、それを使はうとはしなかつた。彼は始終懐手をしてゐたがつた。一種の勉強家であると共に一種の不精者に生れ付いた彼は、遂に活字で飯を食はなければならない運命の所有者に過ぎなかつた。

（第二十章）

㈠、藤井の「叔父」は、「人生批評家」「鋭利な観察者」「知識は豊富」「傍観者の態度」「或頭を有つてゐた」「一種の勉強家」「活字で飯を食はなければならない運命の所有者」と、形容されている。

第三十五章では、「先生に訊くと、先生はありや嘘だと云ふんだ。（中　略）　先生からそんな事を聞くと腹が立つ。先生にドストエヴスキは解らない。いくら年齢を取つたつて、先生は書物の上で年齢を取つた丈だ。いくら若からうが僕は……」と、小林から、藤井の「叔父」は、「先生」と、連呼されている。

つまり、藤井は、冷静にして鋭い「批評家」であると、云える。岡本の「叔父」も、「つまり批評家つて云ふんだらうね、あゝ云ふ人の事を。然しあれぢや仕事は出来ない」（第七十五章）と、認めている。

この「批評家」の云う、「奇警な事」は、例えば第七十五章の、「相変らず妙な事を考へてるね、あの男は」の、「面白いお話し」である、「陰陽不和がまた必然」の説に、代表される。

藤井の立場は、確かに、「批評家」ではある。しかし、『三四郎』（明治四十一年・九月～十二月）の「広田先生」が、そうであったよりも、『こゝろ』（大正三年・四月～八月）の「先生」が、そうであったよりも、はるかに後退する。第二十四章では、「始終机に向つて沈黙の間に活字的の気燄を天下に散布してゐる叔父は、実際の世間に於て決して筆程の有力者ではなかつた。彼は暗に其距離を自覚してゐた。其自覚は又彼を多少頑固にした。幾分か排外的にもした。」と、批判されている。『明暗』には、「超越者」は、存在しない。

第二十一章

六月　七日執筆（推定）
大正五年（一九一六年）六月　十七日・「東京朝日新聞」
大正五年（一九一六年）六月　十六日・「大阪朝日新聞」

①

斯ういふ人にありがちな場末生活を、**藤井は市の西北にある高台の片隅**で、此六七年続けて来たのである。

（第二十一章）

(一)、＜注解＞（『漱石文学全集』第九巻、集英社、昭和四十七年（一九七二年）十二月）に、次の注解が、ある。

＜東京の西北部、早稲田一帯をさす。漱石が明治四十年九月から終焉まで住んだのは、牛込区（現・新宿区）早稲田南町七番地であった。（P.781）＞

藤井の「叔父」の家は、「早稲田界隈」に、位置する。

(二)、①、『彼岸過迄』（明治四十五年・一月～四月）の、「報告」の第八章に、次の如く、ある。

〈敬太郎は後の方に高く黒ずんでゐる目白台の森と、右手の奥に朦朧と重なり合つた水稲荷の木立を見て坂を上つた。それから同じ番地の家の何軒でもある矢来の中をぐる〳〵歩いた。（中　略）　松本の家は此車屋の筋向ふを這入つた突き当りの、竹垣に囲はれた綺麗な住居であつた。〉

②、前田　愛の、〈仮象の街〉（『都市空間のなかの文学』所収、ちくま学芸文庫、平成四年（一九九二年）八月）に、次の一文が、ある。

〈小川町から西の方向、江戸川線の終点から約一キロへだてた矢来町に、高等遊民を自認する松本の家がある。（P.395）〉

「批評家」ならぬ、高等遊民を自認する「松本」の家も、「早稲田界隈」に、位置する。

2

> 彼は何時もの通り終点を右へ折れて橋を渡らずに、それとは反対な賑やかな町の方へ歩いて行かうとした。
>
> （第二十一章）

㈠、①、〈注解〉（『漱石文学全集』第九巻、集英社、昭和四十七年（一九七二年）十二月）に、次の注解が、ある。

〈明治四十四年五月十一日の日記に「早稲〔田〕（ママ）座を東へ突き当つて江戸川の終点に出やうとするところは新開町のごた〳〵した所であるが……」とある。大正五年十二月現在の東京市電運転系統のうち、五系統と十系統との終点が江戸川橋となっており、まだ早稲田まで開通していなかったことがわかる。次に「新らしく線路を延長する計画でもあると見えて」と記されているので、大正五年当時すでに路線延長工事がはじめられていたものと思われる。

（P.781）〉

②、三好行雄の、〈注〉（『明暗』、岩波文庫、平成二年（一九九〇年）四月）に、次の注が、ある。

〈市電の江戸川終点からしばらく歩いた早稲田界隈に津田の叔父藤井の家があり、そこから〈半分道〉、つまり半里＝2キロ程西寄りというのだから、津田の家は牛込区内、おそらく飯田橋駅付近にあったことになる。（P.584）〉

第二十二章

大正五年（一九一六年）六月　八日執筆（推定）
大正五年（一九一六年）六月　十八日・「東京朝日新聞」
大正五年（一九一六年）六月　十七日・「大阪朝日新聞」

①

「だつて此前も其前も買つて遣るつていつたぢやないの。小父さんの方があの玉子を出す人より余つ程嘘吐きぢやないか」

（第二十二章）

「小父さんの方があの玉子を出す人より余つ程嘘吐きぢやないか」という、真事の「批判」は、津田という人間の「芯」を、真直ぐに突いている。津田の「人間性」を、見事に浮かび上がらせる、真事の「言説」である。「嘘」が糾弾されるに、しかもその名も、「真事」という名の子供から。しかし、津田は、意に介しないだろう。

㈠、①、第百十五章に、次の如く、ある。

【嘘吐といふ言葉が何時もより皮肉に津田を苦笑させた。彼は腹の中で、嘘吐な自分を肯がふ男であつた。同時に他人の嘘をも根本的に認定する男であつた。それでゐて少しも厭世的にならない男であつた。寧ろ其反対に生活する事の出来るために、嘘が必要になるのだ位に考へる男であつた。彼は、今迄斯ういふ漠然とした人生観の下に生きて来ながら、自分ではそれを知らなかつた。彼はたゞ行つたのである。だから少し深く入り込むと、自分で自分の立場が分らなくなる丈であつた。】

「腹の中で、嘘吐な自分を肯がふ男」であり、「嘘が必要になるのだ位に考へる男」であり、「それでゐて少しも厭世的にならない男」である津田は、実際、「嘘」を吐く。

②、第百三十一章に、次の如く、ある。

【津田は夫人の言葉を聴いた後で、すぐ次の嘘を出した。】

③、第百四十五章に、次の如く、ある。

【お延は何処迄行つても動かなかつた。相手の手剛さを悟つた時、津田は偶然好い嘘を思ひ付いた。

「実は小林が来たんだ」

小林の二字はたしかにお延の胸に反響した。】

㈡、越智治雄の、〈明暗のかなた〉（『漱石私論』所収、角川書店、昭和四十六年（一九七一年）六月）に、次の見解が、ある。

〈嘘について言えば、『明暗』が始まってまもなく、津田はその名も真事という子供から、その名にふさわしく津田の嘘を非難する言葉を浴びるのだが（二十二）、その直後に今度は真事の母、つまり津田の叔母が「此男は親切で嘘を吐かない人だ」（二十五）と言っていたのが、思い起こされるだろう。実直な生活者たる叔母には津田の「空虚う」（二十六）さがわかっているが、さりとてその「ちゃんとした所」（二十七）を認めぬわけではないのだから、こうした言葉にことさらな毒があるわけはなく、事実、大人たちの世界では特に津田が嘘つきであるわけではない。現実の生活の中で彼はごく平凡にしかし一応なめらかに生きているということなのであって、それは、『道草』（大四・六～九）を通過した漱石の造型にふさわしい。（P.351）＞

云われるように、「大人たちの世界では特に津田が嘘つきであるわけではない」のであって、多かれ少なかれ、「大人」たちは、津田のように生きている。あくまで、程度の差に過ぎないであろう。

換言すれば、津田の「いやらしさ」は、津田固有のものの謂ではないであろう。苟も、大人「万人」が、等しく共有せる「属性」そのものの謂を、津田に「代表」させている。

第二十四章

大正五年（一九一六年）六月　十　日執筆
大正五年（一九一六年）六月二十　日・「東京朝日新聞」
大正五年（一九一六年）六月　十九日・「大阪朝日新聞」

①

「あのね、岡本へ行くとね、何でも一さんの持つてるものをね、宅へ帰つて来てからね、買つて呉れ、買つて呉れつていふから、それで不可いつて」

津田は漸く気が付いた。富の程度に多少等差のある二人の活計向は、彼等の子供が持つ玩具の末に至る迄に、多少等差を付けさせなければならなかつたのである。

（第二十四章）

㈠、津田の「叔父」である・藤井の息子「真事」と、お延の「叔母」である・岡本の息子「一」が、比較されている。それは、取りも直さず、津田の「実家」と、お延の「実家」の比較でもある。

第七章の、評釈⑥（page 70）、参照。

第二十四章

大正五年六月十日（土）　消印午後三時―四時

牛込区早稲田南町七番地より

京橋区瀧山町四番地東京朝日新聞社内山本松之助へ

拝啓今日さき程投函致しました明暗（二十四）〔ママ〕の一番仕舞際に「其小路を行き盡して突き当りにある藤井の門を潜つた時、彼は突然彼の一間ばかり前に起る砲〔ママ〕声を聞いた」といふやうな文句がありますが、もし砲〔ママ〕声となつてゐたらそれを銃声と訂正して置いて頂きます。もし又砲声とも銃声ともなく他の「どんといふ音」とか「鉄砲の音」とかなつてゐたらその儘でよろしう御座います。何だか書いたあとで不図気が付いた様で其癖自分の使用した句をはつきり覚えてゐない様なので　つい不得要領な御願を致す事になりました　以上

六月十日　　夏目金之助

山本松之助様

（『漱石全集』　第十五巻
昭和四十二年（一九六七年）二月第一刷
昭和五十一年（一九七六年）二月第二刷　岩波書店）

第二十五章

大正五年（一九一六年）六月　十一日執筆（推定）
大正五年（一九一六年）六月二十一日・「東京朝日新聞」
大正五年（一九一六年）六月二十　日・「大阪朝日新聞」

①

もと植木屋ででもあつたらしい其庭先には木戸の用心も竹垣の仕切もないので、同じ地面の中に近頃建て増された新らしい貸家の勝手口を廻ると、すぐ縁鼻迄歩いて行けた。目隠しにしては少し低過ぎる高い茶の樹を二三本通り越して、彼の記憶に何時迄も残つてゐる柿の樹の下を潜つた津田は、型の如く其所に叔母の姿を見出した。

（第二十五章）

第二十五章・冒頭に、藤井の叔父の「家」が、「庭」から、紹介される。

㈠、第二十一章に、次の如く、ある。

【斯ういふ人にありがちな場末生活を、藤井は市の西北にあたる高台の片隅で、此六七年続けて来たのである。つい此間迄郊外に等しかつた其高台の此所彼所に年々建て増される大小の家が、年々彼の眼から蒼い色を奪つて行くやうに感ぜられる時、彼は洋筆を走らす手を止めて、能く自分の兄の身の上を考へた。折々は兄から金でも借りて、自分も一つ住宅を拵へて見やうかしらといふ気を起した。其金を兄はとても貸して呉れさうもなかつた。自分もいざとなると貸して貰ふ性分ではなかつた。】

藤井の叔父の「家」は、「貸家」である。そして、「もと植木屋ででもあつたらしい其庭先」は、植木屋から受け継いだにしては、手入れも行き届いていない。藤井の叔父の、「物質上の不安」(第二十一章)が、経済的に裕福でないことが、云われている。

㈡、対して、岡本の叔父の「家」も、「庭」から、紹介される。

第六十章・冒頭に、次の如く、ある。

【岡本の邸宅へ着いた時、お延は又偶然叔父の姿を玄関前に見出した。（中　略）彼は、傍で鍬を動かしてゐる植木屋としきりに何か話をしてゐたが、お延を見るや否や、すぐ向ふから声を掛けた。

「来たね。今庭いぢりを遣つてる所だ」

植木屋の横には、大きな通草の蔓が巻いた儘、地面の上に投げ出されてあつた。

「そいつを今その庭の入口の門の上へ這はせようといふんだ。一寸好いだらう」

お延は網代組の竹垣の中程にある其茅門を支へてゐる釿なぐりの柱と丸太の桁を見較べた。

「へえ。あの袖垣の所にあつたのを抜いて来たの」

「うん其代り彼所へは玉縁をつけた目関垣を拵へたよ」

近頃身体に暇が出来て、自分の意匠通り住居を新築した此叔父の建築に関する単語は、何時の間にか急に殖えてゐた。】

藤井の叔父の「家」が、裕福でないのに対し、岡本の叔父の「家」の裕福さが、「庭」の比較からも、云われている。

第七章の、評釈⑤(page 69)**、評釈⑥**(page 70)**、参照。**

第二十四章の、評釈①(page 121)**、参照。**

②

四十の上をもう三つか四つ越した此叔母の態度には、殆んど愛想といふものがなかつた。其代り時と場合によると世間並の遠慮を超越した自然が出た。其中には殆んど性（セツクス）の感じを離れた自然さへあつた。津田は何時でも此叔母と吉川の細君とを腹の中で比較した。さうして何時でも其相違に驚ろいた。同じ女、しかも年齢のさう違はない二人の女が、何うして斯んなに違つた感じを他に与へる事が出来るかといふのが、第一の疑問であつた。

（第二十五章）

㈠、藤井の叔母には、四人の「子供」が、ある。

①、第二十七章に、次の如く、ある。

【四年前に片付いた長女は、其後夫に従つて台湾に渡つたぎり、今でも其所に暮してゐた。彼の結婚と前後して、つ

第二十五章

第二十五章

い此間嫁に行つた次女は、式が済むとすぐ連れられて福岡へ立つてしまつた。其福岡は長男の真弓が今年から籍を置いた大学の所在地でもあつた。】

②、第二十二章に、次の如く、ある。

【自分が十位であつた時の心理状態を丸で忘れてしまつた津田には、此返事が少し意外に思へた。　（中　略）

津田は叔父の子供を振り返つた。

「おい真事もう行かう。小父さんは是からお前の宅へ行くんだよ」】

十歳位の真事が、藤井の叔母の、末っ子である。

㈡、対して、吉川夫人には、「子供」は、ない。

①、第五十三章に、次の如く、ある。

【「でも岡本さんにや自分の年歯を計る生きた時計が付いてるから、まだ可いんです。あなたと来たら何にも反省器械を持つてゐらつしやらないんだから、全く手に余る丈ですよ」

「其代りお前だつて何時迄もお若くつてゐらつしやるぢやないか」

みんなが声を出して笑つた。】

「年歯を計る生きた時計」・年頃の娘「継子」を持つ岡本に対し、「反省器械」・「子供」を持たない吉川夫婦が、云われている。

②、対して、吉川夫人は、重役夫人である。

第十章・冒頭に、吉川の邸宅が、紹介されている。

【厳めしい表玄関の戸は何時もの通り締まつてゐた。（中　略）書生は厭な顔もせずに奥へ入つた。それから又出て来た時、少し改まつた口調で、「奥さんが御目にお掛りになると仰しやいますから何うぞ」と云つて彼を西洋建の応接間へ案内した。】

津田が勤める、「社の重役」（第百二十章）夫人である彼女は、「自由の利き過ぎる境遇、そこに長く住み馴れた彼女」（第百三十七章）で、ある。

③、そして、吉川夫人は、「女」としても、現役である。

第十二章に、津田との関係が、次の如く、云われている。

【さうして其親しみを能く能く立ち割つて見ると、矢張男女両性の間にしか起り得ない特殊な親しみであつた。】

第百三十六章にも、津田との関係が、云われている。

【「解り切つてるぢやありませんか。私丈は貴方と特別の関係があるんですもの」】

㈢、文脈は、異なるが、飯田祐子の、〈『明暗』論 ―― 〈嘘〉についての物語 ―― 〉（『日本近代文学』第50集、日本近代文学会、平成六年（一九九四年）五月）に、次の見解が、ある。

〈家庭の中の彼女たちは「女らしくない」と語られる。岡本の叔母は「膏気がぬけ」「女らしい所がなくなつて仕舞つた」（六十）、藤井の叔母は「殆んど性の感じを離れた自然さへあつた」（二十五）と語られる。お秀もまた「器

第二十五章

量好み」で貰われたあとは「妻」でなく「母」となり「世帯染み」（九十一）る。つまり彼女たちは、〈男〉たちの共同体に参加する際の〈女〉という資格に合致しない、または、それを捨ててしまったものたちなのである。彼女たちはお延がしたような男の欲望の読み取りを、放棄した存在であるといえよう。（P.44）＞

そして、「性」に、「セツクス」と、特別に、ルビが振られていることは、注意を要する。

第十七章の、評釈③（page 96）、参照。

③

> 気のなささうな生返事をした叔母は、お金さんが生温るい番茶を形式的に津田の前へ注いで出した時、一寸首をあげた。
> 「お金さん由雄さんによく頼んで置きなさいよ。此男は親切で嘘を吐かない人だから」
>
> （第二十五章）

訪問早々、津田は、藤井の叔母から「嘘を吐かない人」だと、揶揄されている。さり気ない叔母の皮肉は、しかし、津田の本質をよく顕わしている。

㈠、重松泰雄の、＜「明暗」――その隠れたモティーフ＞（別冊国文学・№5『夏目漱石必携』、学燈社、昭和五十五年（一九八〇年）二月）に、次の指摘が、ある。

＜現存の「明暗」に登場するのは、ほとんどが自己や自己の立つ世界への根底的な懐疑を知らぬ、健康で常識的な市井人たちである。むろん彼らにも彼らなりの苦悩や不安はあるが、しかしそれは、彼らの存在を崩壊させるほど甚大なものではない。かくて一応は平安な現実世界の中で、彼らはけっこう上辺はなめらかに生きているのだが、津田はまぎれもなくその種族の――むしろ典型的なひとりと言ってよいだろう。（中　略）

津田が、彼の生活圏の中で、「親切で嘘を吐かない人」（二十五）、「ちゃんとした所」（二十七）もある人間として是認されているとすれば、彼の「漠然とした人生観」は、多かれ少なかれまた周囲の生活者たちのそれでもあるに違いない。コンヴェンショナルな社会の営みの中にあって、彼はどの意味でも「特殊人（オリヂナル）」（「それから」六）にはほど遠い存在なのである。（P.64）＞

第二十二章の、評釈①（page 119）、参照。

第二十五章

第二十七章

大正五年（一九一六年）六月　十三日執筆（推定）
大正五年（一九一六年）六月二十三日・「東京朝日新聞」
大正五年（一九一六年）六月二十二日・「大阪朝日新聞」

①

「由雄さんは一体贅沢過ぎるよ」

学校を卒業してから以来の津田は叔母に始終斯う云はれ付けてゐた。自分でも亦さう信じて疑はなかつた。さうしてそれを大した悪い事のやうにも考へてゐなかつた。

「えゝ少し贅沢です」

「服装や食物ばかりぢやないのよ。心が派出で贅沢に出来上つてるんだから困るつていふのよ。始終御馳走はないかいかつて、きよろきよろ其所いらを見廻してる人見た様で」

「ぢや贅沢所か丸で乞食ぢやありませんか」

「乞食ぢやないけれども、自然真面目さが足りない人のやうに見えるのよ。人間は好い加減な所で落ち付くと、大変見つとも好いもんだがね」

（第二十七章）

㈠、第百六十章の、小林の批評も、辛辣である。

【「だから先刻から僕が云ふんだ。君には余裕があり過ぎる。其余裕が君をして余りに贅沢ならしめ過ぎる。其結果は何うかといふと、好きなものを手に入れるや否や、すぐ其次のものが欲しくなる。好きなものに逃げられた時は、地団太を踏んで口惜しがる」　（中　略）

「君は自分の好みでお延さんを貰つたらう。だけれども今の君は決してお延さんに満足してゐるんぢやなからう」

「だつて世の中に完全なもののない以上、それも已を得ないぢやないか」

「といふ理由を付けて、もつと上等なのを探し廻る気だらう」】

叔母の批評は、辛辣で、益々に手厳しい。「心が派出で贅沢に出来上つて」いて、だから、「好い加減な所で落ち付く」ことが出来ない、「大変見つとも」悪い、津田像が、揶揄されている。

そして、大事なことは、叔母のこれらの「批評」が、悉く、津田の芯を射て、正鵠であるということである。一連の叔母の言説は、津田を明確に、浮き彫りにしている。

第二十七章

第二十八章

六月　十四日執筆（推定）
大正五年（一九一六年）六月二十四日・「東京朝日新聞」
大正五年（一九一六年）六月二十三日・「大阪朝日新聞」

①

「一体今の若いものは、から駄目だね。下らん病気ばかりして」　（第二十八章）

㈠、①、第三十一章に、次の如く、ある。

【「由雄、御前見たやうな今の若いものには、一寸理解出来悪いかも知れないがね、叔母さんは嘘を吐いてるんぢやないよ。知りもしない己の所へ来るとき、もうちやんと覚悟を極めてゐたんだからね。叔母さんは本当に来ない前から来た後と同じやうに真面目だつたのさ」】

②、第七十九章に、次の如く、ある。

【彼は招ぜられるまゝに座敷へ上つてお延の父と話をした。お延から云へば、とても若い人には堪へられさうもない老人向の雑談を、別に迷惑さうな様子もなく、方角違の父と取り換はせた。】

③、第六十章に、次の如く、ある。

【自分達も長の年月さへ踏んで行けば、斯うなるのが順当なのだらうか、又いくら永く一所に暮らした所で、性格が違へば、互ひの立場も末始終迄変つて行かなければならないのか、年の若いお延には、それが知恵と想像で解けない一種の疑問であつた。】

④、第六十三章に、次の如く、ある。

【「所があのお継と来たら、又引き立たない事夥しいんだからな。引き立てようとすれば、却つて引き下がる丈で、丸で紙袋を被つた猫みたいだね。其所へ行くと、お延のやうなのは何うしても得だよ。少くとも当世向だ」】

津田は、三十歳（第十章）、お延は、二十三歳（第十章）である。

小説の時間と考えられる・大正三年現在、津田が三十歳、お延が二十三歳であるということは、津田は、明治十七年の生まれ、お延は、明治二十四年の生まれである。

㈡、芥川龍之介は、夏の逗留地・千葉県一の宮海岸の「一宮館」から、漱石に、呼び掛けている。

大正五年八月二十八日付、夏目金之助宛「書簡」（『芥川龍之介全集』第十巻、岩波書店、昭和五十三年（一九七八年）五月）の、次の芥川の書信が、ある。

＜先生　また、手紙を書きます。嘸、この頃の暑さに、我々の長い手紙をお読になるのは、御迷惑だらうと思ひますが、これも我々のやうな門下生を持つた因果と御あきらめ下さい、その代り、御返事の御心配には及びません。先生へ手紙を書くと云ふ事がそれ自身、我々の満足なのですから。　（中　略）

我々は海岸で、運動をして、盛に飯を食つてゐるんですから、健康の心配は入りませんが、先生は、東京で暑いのに、小説をかいてお出でになるんですから、さうはゆきません、どうかお体を御大事になすつて下さい。修善寺の御病気以来、実際、我々は、先生がねてお出でになると云ふと、ひやひやします。先生は少くとも我々ライズィングジェネレエシヨンの為めに、何時も御丈夫でなければいけません、これでやめます。（P.317）＞

㈢、玉井敬之の、＜「私の個人主義」前後＞（『夏目漱石論』所収、桜楓社、昭和五十一年（一九七六年）十月）に、次の見解が、ある。

＜この「私」のモデルには、しばしば小宮豊隆が擬せられているが、そのことを別にしても、『こゝろ』を書いていた当時の漱石は、急速に若い世代に接近しつつあったといえよう。大げさな表現をすれば、漱石の周囲にしだいに集りつつあった漱石山房の弟子たちをはじめとするヤンガー・ジェネレイションが、この「私」なる人物にこめられていたのではないか。「私」は、ヤンガー・ジェネレイションのシンボリックな形象であるともいえる。（P.132）＞

小宮豊隆は、明治十七年の生まれであり、津田と同年齢である。そして、芥川龍之介は、明治二十四年の生まれであり、明治二十四年生まれのお延と、年齢を同じくする。

『明暗』の主人公である、「今の若いもの」津田・お延は、芥川の世代に代表される、「ヤンガー・ジェネレイション」「ライズィングジェネレエション」である。

第二十九章

六月　十五日執筆（推定）
大正五年（一九一六年）六月二十五日・「東京朝日新聞」
大正五年（一九一六年）六月二十四日・「大阪朝日新聞」

①

> 小林は追ひ掛けて、其病院のある所だの、医者の名だのを、左も自分に必要な知識らしく訊いた。医者の名が自分と同じ小林なので「はあそれぢやあの堀さんの」と云つたが急に黙つてしまつた。堀といふのは津田の妹婿の姓であつた。彼がある特殊の病気のために、つい近所にゐる其医者の許へ通つたのを小林はよく知つてゐたのである。
>
> （第二十九章）

㈠、第十二章に、次の如く、ある。

【医者の専門が、自分の病気以外の或方面に属するので、婦人などはあまり其所へ近付かない方が可いと云はうとした津田は、少し口籠つて躊躇した。】

津田が、入院加療することになる「病院」は、「性病」を専門とする、医院である。

第二十九章

第十二章の、評釈②（page 82）**、参照。**

第十七章の、評釈①（page 93）**、参照。**

②

津田が手術の準備だと云つて、折角叔母の拵へて呉れた肉にも肴にも、日頃大好な茸飯にも手を付けないので、流石の叔母も気の毒がつて、お金さんに頼んで、彼の口にする事の出来る麵麭と牛乳を買つて来させようとした。ねと〳〵して無闇に歯の間に挟まる此所いらの麵麭に内心辟易しながら、又贅沢だと云はれるのが少し怖いので、津田はたゞ大人しく茶の間を立つお金さんの後姿を見送つた。

（第二十九章）


㈠、第十九章に、次の如く。ある。

【お延は手早く包紙を解いて、中から紅茶の缶と、麵麭と牛酪を取り出した。

「おや〳〵是召しやがるの。そんなら時を取りに御遣りになれば可いのに」

「なに彼奴ぢや分らない。何を買つて来るか知れない」

やがて好い香のするトーストと濃いけむりを立てるウーロン茶とがお延の手で用意された。】

第十五章の、評釈①（page 91）、参照。

第十九章の、評釈③（page 109）、参照。

③

「お金さんは其人を知つてるんですか」

「顔は知つてるよ。口は利いた事がないけれども」

「ぢや向ふも口を利いた事なんかないんでせう」

「当り前さ」

「それでよく結婚が成立するもんだな」

津田は斯ういつて然るべき理窟が充分自分の方にあると考へた。それをみんなに見せるために、彼は馬鹿々々しいといふよりも寧ろ不思議であるといふ顔付をした。

「ぢや何うすれば好いんだ。誰でもみんなお前が結婚した時のやうにしなくつちや不可いといふのかね」

叔父は少し機嫌を損じたらしい語気で津田の方を向いた。

（第二十九章）


㈠、叔父の、津田に対する「言葉」も、辛辣である。

第二十九章

第二十九章

「ことに自己の快楽を人間の主題にして生活しようとする津田」（第百四十一章）には、「口を利いた事が」なく、「顔だけ知って」いる相手では、対象として、意味をなさないであろう。

つまり、「感性」に訴えて初めて、「性的」に感じて初めて、「異性」の存在の意味もあると、津田は考えている。

第三十章

六月　十六日執筆（推定）
大正五年（一九一六年）六月二十六日・「東京朝日新聞」
大正五年（一九一六年）六月二十五日・「大阪朝日新聞」

①

結婚が再び彼等の話頭に上つた。　（第三十章）

㈠、①、第七十二章・冒頭に、次の如く、ある。

【段々勾配の急になつて来た会話は、何時の間にか継子の結婚問題に滑り込んで行つた。】

②、第百六十章・冒頭に、次の如く、ある。

【小林は旨く津田を釣り寄せた。それと知つた津田は考へがあるので、小林にわざと釣り寄せられた。二人はとう〳〵際どい所へ入り込まなければならなくなつた。

「例へばだね」と彼が云ひ出した。「君はあの清子さんといふ女に熱中してゐたらう。一しきりは、何でも彼でもあの女でなけりやならないやうな事を云つてたらう。それ許ぢやない、向ふでも天下に君一人より外に男はないと思

第三十章

つてるやうに解釈してゐたらう。所が何うだい結果は」

「結果は今の如くさ」】

③、第百三十九章に、次の如く、ある。
【「ぢや云ひませう」と最後に応じた時の夫人の様子は寧ろ得意であつた。「其代り訊きますよ」と断つた彼女は、果して劈頭に津田の毒気を抜いた。

「貴方は何故清子さんと結婚なさらなかつたんです」

問は不意に来た。】

④、第百二十五章の最後から、第百二十六章・冒頭に、次の如く、ある。
【お延が何うしようかと迷つてゐるうちに、お秀は丸で木に竹を接いだやうに、突然話題を変化した。行掛り上全然今迄と関係のない其話題は、三度目に又お延を驚ろかせるに充分な位突飛であつた。けれどもお延には自信があつた。彼女はすぐそれを受けて立つた。（第百二十五章）
お秀の口を洩れた意外な文句のうちで、一番初めにお延の耳を打つたのは「愛」といふ言葉であつた。
（第百二十六章）】
登場人物達が、交わす会話の話題、問いは、「結婚」「恋愛」「愛」の問題に必然し、帰っていく。何故なら、其の人の「恋愛観」「結婚観」は、取りも直さず其の人の「人生観」「人間性」の謂そのものであろうから。登場人物達は各自、自己の「結婚観」「恋愛観」を披瀝することに拠って、各自の「人間」そのものが、浮き彫りにされる。

2

「是ばかりは妙なものでね。全く見ず知らずのものが、一所になつたところで、屹度不縁になるとも限らないしね、又いくら此人ならばと思ひ込んで出来た夫婦でも、末始終和合するとは限らないんだから」

叔母の見て来た世の中を正直に纏めると斯うなるより外に仕方なかつた。此大きな事実の一隅にお金さんの結婚を安全に置かうとする彼女の態度は、弁護的といふよりも寧ろ説明的であつた。さうして其説明は津田から見ると最も不完全で最も不安全であつた。結婚に就いて津田の誠実を疑ふやうな口振を見せた叔母こそ、此点にかけて根本的な真面目さを欠いてゐるとしか彼には思へなかつた。

（第三十章）

叔母の、辛辣な言葉が、なお続く。
叔母の「結婚」の型は、お金さんの「結婚」の型に、属する。

3

「さう云つた日にや丸で議論にならない」
「議論にならなくつても、事実の上で、あたしの方が由雄さんに勝つてるんだから仕方がない。

色々選り好みをした揚句、お嫁さんを貰つた後でも、まだ選り好みをして落ち付かずにゐる人よりも、此方の方が何の位真面目だか解りやしない」（第三十章）

㈠、第百六十二章に、次の如く、ある。

【小林はすぐ応援に出た。
「嘘を云ふな。君位鑑賞力の豊富な男は実際世間に少ないんだ」
津田は苦笑せざるを得なかつた。（中　略）
「事実を云ふんだ、馬鹿にするものか。君のやうに女を鑑賞する能力の発達したものが、芸術を粗末にする訳がないんだ。ねえ原、女が好きな以上、芸術も好きに極つてるね。いくら隠したつて駄目だよ」】

叔母の、辛辣な言葉が、なお続く。
叔母の、「結婚観」（人生観）と、津田の「結婚観」（人生観）が、真っ向から対峙している。

「議論」　―　**第三十一章の、評釈①（page 151）、参照。**
「事実の上で」　―　**第一章の、評釈⑥（page 14）、参照。**

第三十一章

六月　十七日執筆（推定）
大正五年（一九一六年）六月二十七日・「東京朝日新聞」
大正五年（一九一六年）六月二十六日・「大阪朝日新聞」

1

「大分八釜しくなつて来たね。黙つて聞いてゐると、叔母甥の対話とは思へないよ」
二人の間に斯う云つて割り込んで来た叔父は其実行司でも審判官でもなかつた。
「何だか双方敵愾心を以て云ひ合つてるやうだが、喧嘩でもしたのかい」　（第三十一章）

㈠、①、第十七章に、次の如く、ある。

【他の一人は友達であつた。是は津田が自分と同性質の病気に罹つてゐるものと思ひ込んで、向ふから平気に声を掛けた。彼等は其時二人一所に医者の門を出て、晩飯を食ひながら、性と愛といふ問題に就いて六づかしい議論をした。】

②、第百三章に、次の如く、ある。

【上では絶えざる話し声が聞こえた。然し普通雑談の時に、言葉が対話者の間を、淀みなく往つたり来たり流れてゐ

第三十一章

るのとは大分趣を異にしてゐた。】

③、第百十一章に、次の如く、ある。

【「えゝまあ左右よ。あたし始めてだわ。秀子さんのあんな六づかしい事を仰しやる所を拝見したのは」

「彼奴は理窟屋だよ。つまりあゝ捏ね返さなければ気が済まない女なんだ」

「だつてあたし始めてよ」

「お前は始めてさ。おれは何度だか分りやしない。一体何でもないのに高尚がるのが彼奴の癖なんだ。さうして生じい藤井の叔父の感化を受けてるのが毒になるんだ」

「何うして」

「何うしてつて、藤井の叔父の傍にゐて、あの叔父の議論好きな所を、始終見てゐたもんだから、とう〳〵あんなに口が達者になつちまつたのさ」】

④、第百二十六章に、次の如く、ある。

【お延に比べるとお秀は理窟つぽい女であつた。けれどもさういふ結論に達する迄には、多少の説明が要つた。お延は自分で自分の理窟を行為の上に運んで行く女であつた。だから平生彼女の議論をしないのは、出来ないからではなくつて、する必要がないからであつた。

（中　略）

所がお秀は教育からしてが第一違つてゐた。読書は彼女を彼女らしくする殆んど凡てであつた。少なくとも、凡てゞなければならないやうに考へさせられて来た。書物に縁の深い叔父の藤井に教育された結果は、善悪両様の意味

で、彼女の上に妙な結果を生じた。　（中　略）
彼女は折々柄にもない議論を主張するやうな弊に陥つた。然し自分が議論のために議論をしてゐるのだから詰らないと気が付く迄には、彼女の反省力から見て、まだ大分の道程があつた。意地の方から行くと、余りに我が強過ぎた。平たく云へば、其我がつまり自分の本体であるのに、其本体に副ぐはないやうな理窟を、わざわざ自分の尊敬する書物の中から引張り出して来て、其所に書いてある言葉の力で、それを守護するのと同じ事に帰着した。】

⑤、第八十六章に、次の如く、ある。
【小林の筋の運び方は、少し困絡かり過ぎてゐた。お延は彼の論理の間隙を突く丈に頭が錬れてゐなかつた。といつて無条件で受け入れて可いか悪いかを見分ける程整つた脳力も有たなかつた。それでゐて彼女は相手の吹き掛ける議論の要点を摑む丈の才気を充分に具へてゐた。彼女はすぐ小林の主意を一口に纏めて見せた。】

⑥、第八十八章に、次の如く、ある。
【「もう沢山です。早く帰つて下さい」
小林は応じなかつた。問答が咫尺の間に起つた。
「然し僕のいふのは津田君の事です」】

⑦、第百四十章に、次の如く、ある。
【此所で問答に一区切を付けた夫人は、時を移さず要点に達する第二の段落に這入り込んで行つた。】

第三十一章

第三十一章

⑧、第百五十二章に、次の如く、ある。

【斯うなるとお延は何うしても又云ひたくなるのである。

「いくら小林が乱暴だつて、貴方の方にも何かなくつちや、そんなに怖がる因縁がないぢやありませんか」

二人が斯んな押問答をして、小切手の片を付ける丈でも、ものゝ十分はかゝつた。】

⑨、第百六十七章に、次の如く、ある。

【「よろしい、何方が勝つかまあ見てゐろ。小林に啓発されるよりも、事実其物に戒飭される方が、遥かに覿面で切実で可いだらう」

是が別れる時二人の間に起つた問答であつた。然しそれは宵から持ち越した悪感情、津田が小林に対して日暮以来貯蔵して来た悪感情、の発現に過ぎなかつた。是で幾分か溜飲が下りたやうな気のした津田には、相手の口から出た最後の言葉などを考へる余地がなかつた。彼は理非の如何に関はらず、意地にも小林如きものの思想なり議論なりを、切つて棄てなければならなかつた。一人になつた彼は、電車の中ですぐ温泉場の様子などを想像に描き始めた。】

⑩、第百八十七章に、次の如く、ある。

【しばらくして津田は又顔を上げた。

「何だか話が議論のやうになつてしまひましたね。僕はあなたと問答をするために来たんぢやなかつたのに」

清子は答へた。

「私にもそんな気はちつともなかつたの。つい自然其所へ持つて行かれてしまつたんだから故意ぢやないのよ」

「故意でない事は僕も認めます。つまり僕があまり貴女を問ひ詰めたからなんでせう」

「まあさうね」

清子は又微笑した。津田は其微笑のうちに、例の通りの余裕を認めた時、我慢しきれなくなつた。

「ぢや問答序に、もう一つ答へて呉れませんか」】

どの場面の、どの登場人物との、どの組合せでも、「議論」「問答」が、構成される。

「対話」の頻出と、その内容は、『明暗』という小説の、最大特質の一つである。

(二)、後藤明生の、〈二十世紀小説としての『明暗』〉(『文学が変るとき』所収、筑摩書房、昭和六十二年(一九八七年)五月)に、次の指摘が、ある。
〈津田と秀子との対話は、えんえんと続く。二人の対話は、むしろ問答に近いが、この二人の場合に限らず、この小説には対話=問答が実に多い。「対話小説」「問答小説」と呼んでもよいくらいである。これには新聞小説という考慮もあったかも知れない。しかし漱石作品の会話は『猫』以来、面白い。その面白さには、いわゆる落語、駄洒落的要素もある。しかし『明暗』の対話=問答は、この小説の構造そのものにかかわっている。

漱石にドストエフスキーをすすめたのは、弟子の森田草平だといわれているが、『思ひ出す事など』でも、強い関心を示している。また大正四年の「日記」には『白痴』英訳の引用なども見えるが、ドストエフスキーもまた、「対話」作家であった。

ロシア・フォルマリストの一人、ミハイル・バフチンは『ドストエフスキー論 ── 創作方法の諸問題』(新谷敬三郎訳・冬樹社)の中で、《人間が存在するとは対話的に関係するということである》《言語はそれを使う人間相互の対話的関係の中でのみ生きている》と書いている。そして、ドストエフスキーの小説は、全体が大きな「対話」の構造になっているという。実際、ドストエフスキーの小説はAとBの対話の中から、C、D、Eといった未知なる人物が出現する。また「事件」も出現する。（P.13）　（中　略）

つまり『明暗』における人物たちの対話を漱石は、あるときは合戦の如く、またあるときは詰め将棋の如くに書いている。それはまさに虚々実々、攻撃あり防御あり、かけひきありの、互いに「逼る」対話である。そして津田は、ここでも（第百八十八章 ―― 括弧内は著者の註記）そのように、清子に「逼って」いる。もちろん彼にも、果物は吉川夫人からの見舞い品だと嘘をつくだけの「余裕」はある。しかしそれは対話の表層部であって、彼の深層部は、それこそコンピュータのごとく、せわしなく「逼り」続けている。（P.19）〉

バフチンは、「それぞれに独立して溶け合うことのない声と意識たち、そのそれぞれに重みのある声の対位法を駆使したポリフォニイこそドストエフスキイの小説の基本的性格」（『ドストエフスキイ論 ―― 創作方法の諸問題』）であると、「ドストエフスキイはポリフォニイ小説の創造者」（同著）であると、云う。

『明暗』は、逼る「対話」・「議論」が、「室内」で、延々と繰り拡げられる、「Polyphony（多声音楽・対位法）小説」である。

㈢、荒　正人の、〈解説〉（『漱石文学全集』第九巻、集英社、昭和四十七年（一九七二年）十二月）に、次の指摘が、ある。

〈『明暗』の特色の大きいものをあげれば、お延、お秀、吉川夫人、津田、小林など中心人物の会話である。お延と津田、お秀、小林などの会話は、夫、小姑、夫の友人などといった工合に、それぞれの音階で、広い意味での議論が行われている。これは、津田の立場からも、お秀の位置からも、小林の角度からも試みられている。「木曜会」というサロンの談話では、漱石という特別な中心人物がいたので、室内管弦楽団にたとえれば、指揮者のふるう巧妙なタクトに操られて、門下生たちは、自由に自分の意見を述べることができた。漱石は、巧妙な聴き手であり、論争者であり、指導者でもあった。『明暗』では、作者としての漱石が似た役割を果しているように思われる。わたしは、『明暗』を読む毎に、日本人がついに生みだすことのなかった管弦楽団を連想する。いや、全くの輸入品ではなく、金米糖の芯としての「木曜会」があったことをあげておきたい。(P.760)　(中　略)

『明暗』の会話は確かに、日本の文学ではこれまでなかったほど、議論に富んでいる。この原型が「木曜会」であることは既にふれた。全ての会話を通じて云えることは、漱石は登場する人物の全てに、活気に富み、興味に溢れ、辛辣な感じを与えている。漱石の日本語は、江戸・東京の庶民語を土台に、漢文やイギリス語に加えて、フランス語やドイツ語の感覚を活かせるだけいかしている。日本語をこれだけ自在に駆使した文学者はほかにいないと思う。これは、『明暗』の土台として、「木曜会」のエスプリが働いていたためだと思う。『明暗』の議論をうるさく思う人たちは、言語という媒体に依存している芸術としての文学を十分に鑑賞する能力を失ったことを告白しているだけである。表現された言語の美を味わい尽せぬ不幸な人たちである。

『明暗』は、つぎの三行で終っている。

「『そんなものが来るんですか』

『そりや何とも云へないわ』

清子は斯う云つて微笑した。津田は其微笑の意味を一人で説明しようと試みながら自分の室に帰つた。」

「そんなもの」というのは、清子の夫である関からの電報である。これは尻切れとんぼというより、『明暗』の結びとして微妙な感じを与える。V・H・ヴィリエルモは、つぎのように訳している。

'Do you think something like that will come ?'

第三十一章

'That I can't say.'

Kiyoko smiled as she said this. Tsuda returned to his own room, while trying to explain to himself the meaning of her smile.

この部分の翻訳を読み比べると、V・H・ヴィリエルモの語学力もさることながら、漱石の文章は、外国語に訳しやすいという点である。この点では、谷崎潤一郎や川端康成の日本語とは根本的に異なっている。漱石の日本語は、後年になるほど、国際的性格を帯びてきた。だが、谷崎潤一郎や川端康成は、その逆である。また、『明暗』の議論についても、ヨーロッパ・アメリカ人には饒舌とかんじられることなく、美質として自然に受け取られる。『明暗』の本質を形成しているこんな要素も、特別に強調しておかなくてはならぬ。(P.766)＞

㈣、平田オリザの、＜対談対話が失われつつある現代＞(『本の窓』、小学館、平成十四年(二〇〇二年)二月)に、次の発言が、ある。

＜英語では、「会話」はカンヴァセーション、「対話」はダイヤローグと、はっきり分かれているんですが、日本の辞書では「会話」と「対話」の説明にはっきりとした差がない。ということは、日本では対話の習慣自体がこれまであまりなかった、ということなのかなと思うわけです。(P.3)＞

『虞美人草』(明治四十年・六月〜十月)の、第六章には、「哲学者は二十世紀の会話を評して肝胆相曇らす戦争と云つた。」と、ある。

『明暗』の登場人物達は、よく喋る。それは、仲良しの「対話」ではなく、各自、己れの「価値観」に則って、相手を捩じ伏せようとする、「議論」である。

第三十一章冒頭の、「大分八釜しくなつて来たね。黙つて聞いてゐると、叔母甥の対話とは思へないよ」「何だか双方敵愾心を以て云ひ合つてるやうだが、喧嘩でもしたのかい」は、三十一章のみならず、この小説全体に敷衍される特色である。

「叔母甥の対話とは思へない」「敵愾心を以て云い合つてるやう」な会話が、延々と室内で繰り広げられる、In door の文学で、『明暗』はある。

小説の、舞台の全般は、悉く、「室内」（診察所、車中、津田宅、吉川宅、藤井宅、岡本宅、お秀宅、病室、汚らしい酒場、芝居場の食堂、仏蘭西料理店、温泉宿）である。

つまり、「室内」は、人間関係がより濃密になる場であり、対峙した「人間関係」・「対話」を描くに相応しい。

なお、「In door の文学」という命名は、玉井敬之の、〈漱石の展開『明暗』をめぐって〉（日本文学協会編『日本文学講座』6、大修館書店、昭和六十三年（一九八八年）六月）に、拠る。

第三十二章

大正五年（一九一六年）六月　十八日執筆（推定）
大正五年（一九一六年）六月二十八日・「東京朝日新聞」
大正五年（一九一六年）六月二十七日・「大阪朝日新聞」

①

先刻から重苦しい空気の影響を少しづゝ感じてゐた津田の胸に、今夜聞いた叔父の言葉が、月の面を過ぎる浮雲のやうに、時々薄い陰を投げた。そのたびに他人から見ると、麦酒の泡と共に消えてしまふべき筈の言葉を、津田は却つて意味ありげに自分で追ひ掛けて見たり、又自分で追ひ戻して見たりした。其所に気の付いた時、彼は我ながら不愉快になつた。

同時に彼は自分と叔母との間に取り換はされた言葉の投げ合も思ひ出さずにはゐられなかつた。其投げ合の間、彼は始終自分を抑へ付けて、成るべく心の色を外へ出さないやうにしてゐた。其所に彼の誇りがあると共に、其所に一種の不快も潜んでゐたことは、彼の気分が彼に教へる事実であつた。

（第三十二章）

㈠、津田を批判しての、「今夜聞いた叔父の言葉」は、「ぢや何うすれば好いんだ。誰でもみんなお前が結婚した時のやうにしなくつちや不可いといふのかね」（第二十九章）で、あった。

津田を批判しての、「叔母との間に取り換はされた言葉」は、「服装や食物ばかりぢやないのよ。心が派出で贅沢に出来上つてるんだから困るつていふのよ。始終御馳走はないか〳〵つて、きよろ〳〵其所いらを見廻してる人見た様で」（第二十七章）で、あった。或いは、「乞食ぢやないけれども、自然真面目さが足りない人のやうに見えるのよ。人間は好い加減な所で落ち付くと、大変見つとも好いもんだがね」（第二十七章）で、あった。或いは、「色々選り好みをした揚句、お嫁さんを貰つた後でも、まだ選り好みをして落ち付かずにゐる人よりも、此方の方が何の位真面目だか解りやしない」（第三十章）で、あった。

津田の自意識を、削いで余りある、これら辛辣な叔父と叔母の「言葉」は、悉く的を射ている。穿つた評であることは、「彼の気分が彼に教へる事実」で、ある。

2

> つゞいて近頃漸く丸髷に結ひ出したお延の顔が眼の前に動いた。
> （第三十二章）

お延は、結婚して「半歳と少し」（第十章）である。既婚者の髪型である「丸髷」を、お延は、「漸く結ひ出し」ている。

第三十二章

㈠、岡崎義恵の、〈「明暗」の象徴 丸髷と庇髪〉（『森鷗外と夏目漱石』所収、宝文館出版、昭和四十八年（一九七三年）二月）に、次の見解が、ある。

〈決定版「漱石全集」月報・第十七号に、「明暗」が新聞に出た当時の挿絵が載っている。その第三十八回（七月五日）の挿絵に、お延が巻紙を手にして手紙を書きかけているところが描かれているが、縞の羽織に丸髷という、今日からはちょっと珍しく感じられる姿をしている。これは夫の帰りが遅いので、あまり淋しくなって、実家へ手紙を書こうとしている場面である。この丸髷姿は挿絵をかいた名取春仙の勝手な想像ではなく、漱石が本文に描写しているところに拠ったのである。

第三十二回に夫の津田由雄がお延のことを思いうかべるところがある。「近頃漸く丸髷に結ひ出したお延の顔が眼の前に動いた。」というのである。当時、若い女の普通の髪は庇髪に束髪であったらしく、他の小説の挿絵も大抵そうである。お延も結婚当時は庇髪であったかも知れないが、この頃丸髷に結うことが多くなった。これは奥さんらしくなって来たという風にも取れるが、夫の愛を独占しようとする心構えのあらわれのようにも取れる。（P.404）〉

第三十九章の、評釈①（page 178）、参照。

③

> 「何うです、叔母さん、近い内帝劇へでも御案内しませうか。偶にやあゝいふ所へ行つて見るのも薬ですよ、気がはれぐ〱してね」

「えゝ有難う。だけど由雄さんの御案内ぢや——」

「お厭ですか」

「厭より、何時の事だか分らないからね」

芝居場などを余り好まない叔母の此返事を、わざと正面に受けた津田は頭を掻いて見せた。

「さう信用がなくなつた日にや僕もそれ迄だ」

(第三十二章)

(一)、第四十五章に、次の如く、ある。

【お延はもう約束の時間を大分後らせてゐた。彼女は自分の行先を車夫に教へるために、たゞ一口劇場の名を云つたなり、すぐ俥に乗つた。　(中　略)
好んで斯ういふ場所へ出入したがる彼女に取つて、別に珍らしくもない此感じは、彼女に取つて、永久に新らしい感じであつた。】

「帝国劇場」は、パリのオペラ座を模して、明治四十年起工、明治四十四年落成した、近代的劇場である。観客席はすべて椅子席で定員は一七〇〇名を誇る、「回廊」も洋風仕立ての、本格的純洋風劇場である。「今日は帝劇、明日は三越」と、当時持て囃された。

しかしその帝劇も、津田にとっては、それ程「珍らしくもない」場所である。

第三十二章

第三十四章

六月二十　日執筆（推定）
大正五年（一九一六年）七月　一日・「東京朝日新聞」
大正五年（一九一六年）六月三十　日・「大阪朝日新聞」

①

面倒になつた津田は、小林を其所へ置き去りにした儘、さつさと行かうとした。すると彼とすれ〳〵に歩を移して来た小林が、少し改まつた口調で追究した。
「そんなに厭か、僕と一所に酒を飲むのは」
実際そんなに厭であつた津田は、此言葉を聞くとすぐ留まつた。さうして自分の傾向とは丸で反。対な決断を外部へ現はした。
「ぢや飲まう」

（第三十四章）

㈠、①、第百七章に、次の如く、ある。

【津田は一種嶮しい眼をしてお秀を見た。其中には憎悪が輝やいた。けれども良心に対して耻づかしいといふ光は何処にも宿らなかつた。さうして彼が口を利いた時には、お延でさへ其意外なのに驚ろかされた。彼は彼に支配出来る最も冷静な調子で、彼女の予期とは丸で反対の事を云つた。

「お秀お前の云ふ通りだ。兄さんは今改めて自白する。兄さんにはお前の持つて来た金が絶対に入用だ。兄さんは又改めて公言する。お前は妹らしい情愛の深い女だ。兄さんはお前の親切を感謝する。だから何うぞ其金を此枕元へ置いて行つて呉れ」

お秀の手先が怒りで顫へた。両方の頰に血が差した。】

②、第八十七章に、次の如く、ある。
【小林は矢ツ張り外套を放さなかつた。お延は痛快な気がした。

「奥さん一寸此所で着て見ても可ござんすか」

「えゝ、えゝ」

お延はわざと反対を答へた。さうして窮屈さうな袖へ、藻掻くやうにして手を通す小林を、坐つたまゝ皮肉な眼で眺めた。

「何うですか」

小林は斯う云ひながら、脊中をお延の方に向けた。見苦しい畳み皺が幾筋もお延の眼に入つた。アイロンの注意でもして遣るべき所を、彼女は又逆に行つた。

「丁度好いやうですね」

彼女は誰も自分の傍にゐないので、折角出来上つた滑稽な後姿も、眼と眼で笑つて遣る事が出来ないのを物足りなく思つた。】

第三十四章

第三十四章

③、第二十八章に、次の如く、ある。

【小林はすぐ口を出した。けれども津田の予期とは全くの反対を云つた。

「何今の若いものだつて病気をしないものもあります。現に私なんか近頃ちつとも寐た事がありません。私考へるに、人間は金が無いと病気にや罹らないもんだらうと思ひます」

津田は馬鹿々々しくなつた。

「詰らない事をいふなよ」】

津田も、お延も、心の中の思いとは裏腹な、反対の「言辞」を、容易に吐く。

②

「僕は君と違つて何うしても下等社会の方に同情があるんだからな」

小林は恰もそこに自分の兄弟分でも揃つてゐるやうな顔をして、一同を見廻した。

「見玉へ。彼等はみんな上流社会より好い人相をしてゐるから」　（中　略）

「君は斯ういふ人間を軽蔑してゐるね。同情に値しないものとして、始めから見縊つてゐるんだ」

斯ういふや否や、彼は津田の返事も待たずに、向ふにゐる牛乳配達見たやうな若ものに声を掛けた。

「ねえ君。さうだらう」

出し抜けに呼び掛けられた若者は倔強な頸筋を曲げて一寸此方を見た。すると小林はすぐ杯をそつちの方へ出した。

「まあ君一杯飲みたまへ」

若者はにや〳〵と笑つた。不幸にして彼と小林との間には一間程の距離があつた。立つて杯を受ける程の必要を感じなかつた彼は、微笑する丈で動かなかつた。しかしそれでも小林には満足らしかつた。出した杯を引込めながら、自分の口へ持つて行つた時、彼は又津田に云つた。

「そらあの通りだ。上流社会のやうに高慢ちきな人間は一人も居やしない」　(第三十四章)

㈠、①、三好行雄の、〈『明暗』の構造〉(『講座夏目漱石』第三巻、有斐閣、昭和五十六年(一九八一年)十一月)に、次の指摘が、ある。

〈津田やお延へのもっとも過激な批判者として、あるいは、この小説の描くもっとも気がかりな人物として小林がいる。かれの批評は、一見、津田の生の根拠を抉るかに見える。小林によって津田やお延の住む世界、つまりは作品世界のすべてが批判され、相対化されているという指摘もあるが、「細民の同情者」(三十五)をもって任ずる小林は所詮、行動しない社会主義者、口舌の徒として、作品世界に招待された早々に「牛乳配達見たやうな若もの」から盃を拒まれるという形での相対化をまぬがれない(三十四)。確かに、場末の酒場を描く漱石のアイロニイは、津田を眺めるそれにまさるとも劣らないのである。小林は津田の「余裕」を攻撃する。しかし、三十円の餞別を捻出するための十分間の押問答には思い及ばないし、「送別会」を中座しようとする津田の無礼を咎めることはしても、その席にことわりもなく他人を招いた自分の無礼には気づかない。かれは結局、藤井の援助で、活字で生きてゆく仕事を求めて都落ちする。小林もまた、関係の外に出る生きざまを選択したわけではない。「天がこんな人間になつて他を厭がらせて遣れと僕に命ずる」（八十六）と小林はいうのだが、かれの天は境遇と性格の函数式が生みだした仮装の天、でしかない。（P.284）〉

②、桶谷秀昭の、〈自然と虚構㈡――『明暗』〉（増補版『夏目漱石論』所収、河出書房新社、昭和五十八年（一九八三年）六月）に、次の指摘が、ある。

〈まことにアイロニカルな描写であって、作者の視点は、小林と一致しているどころかその痛烈なアイロニイは、津田を眺めるそれにまさるとも劣らないのである。小林はここで、自分の観念の幻影としてのプロレタリアートへの感傷的な連帯感に酔っているので、その感傷的な振舞いが、いっこうにこの酒場の「自分の兄弟分」に通じていないことに気づかない。（P.288）〉

小林の、作品世界への登場は、『明暗』という作品世界を、より拡く、より深いものにしている。津田の「価値体系」が、あるいはお延の「価値体系」が、小林によって、根こそぎ批判されるであろう。

しかし、小林の下層階級への、「感傷的」な連帯感の「甘さ」には、仮借ない作者の眼が、向けられている。小林もまた、絶対者ではない。

第三十五章

六月二十一日執筆（推定）
大正五年（一九一六年）七月　二日・「東京朝日新聞」
大正五年（一九一六年）七月　一日・「大阪朝日新聞」

①

「露西亜の小説、ことにドストエヴスキの小説を読んだものは必ず知つてる筈だ。如何に人間が下賤であらうとも、又如何に無教育であらうとも、時として其人の口から、涙がこぼれる程有難い、さうして少しも取り繕はない、至純至精の感情が、泉のやうに流れ出して来る事を誰でも知つてる筈だ。君はあれを虚偽と思ふか」

「僕はドストエヴスキを読んだ事がないから知らないよ」

「先生に訊くと、先生はありや嘘だと云ふんだ。あんな高尚な情操をわざと下劣な器に盛つて、感傷的に読者を刺戟する策略に過ぎない、つまりドストエヴスキが中たつた為に、多くの模倣者が続出して、無暗に安つぽくしてしまつた一種の芸術的技巧に過ぎないといふんだ。然し僕はさうは思はない。先生からそんな事を聞くと腹が立つ。先生にドストエヴスキは解らない。いくら年齢を取つたつて、先生は書物の上で年齢を取つた丈だ。いくら若からうが僕は……」

小林の言葉は段々逼つて来た。仕舞に彼は感慨に堪へんといふ顔をして、涙をぽた〳〵卓布の上に落した。

（第三十五章）

㈠、森田草平の、『續 夏目漱石』（養徳社、昭和十八年（一九四三年）十一月）に、次の思い出が、語られている。
（但し、引用は、森田草平著『夏目漱石』㈢、講談社学術文庫、昭和五十五年（一九八〇年）八月）に、拠る。）

＜ただ一つ、先生がそれまでの作品において、身を投げ出して書かれないのが遺憾であるとは思っていた。局部局部は投げ出していられるが —— たとえば『坊っちゃん』のように —— 未だ自分というものの全部をほうり出して書かれない。そこに先生の弱点がある。作中の人物にしてからが、善玉と悪玉とを書き分けて、それがいかにもこしらえ物のような印象を与えるのも、そのためである —— と、そう大ざっぱに考えていた私は、その反対の例としてドストエフスキーの作を引き合いに出して、しきりにドストエフスキーを読んでみられてはどうかと、先生にお勧めした。おもしろいことには、それが当時わが国の文壇であまり騒がれていたせいかもしれないが、ツルゲーネフとドストエフスキーだけは、先生はずいぶん後まで手にされなかったようだ。ことにツルゲーネフのごときは、ガーネット夫人訳の全集を取り寄せられはしたが、はたしてその全部を読み通されたかどうかわからないくらいである。

で、先生も私の根気にほだされたのか、あるとき —— それは私が『煤煙』を書いたずっと後のことのように思うが、 —— 「では読んでみるが、まず本を持って来て貸したまえ」と言われた。私は喜んで宅へ戻って、なににしようかと思い惑ったあげく、ドストエフスキーの中でもいちばん変わったもののつもりで、まず『白痴』を持参した。

（中　略）そして、ドストエフスキーの作は、たいてい私の持っていた本で、一通りは読み尽くされたように思う。（P.64）　（中　略）

私は『それから』の代助なぞを見ても、先生があれほどの近代人を描かれながら、どこかまだ旧道徳の羈絆から脱却されないようなところがあるのを遺憾としていた。それだけならいいが、見ていると、先生はだんだん世間と妥協するような気持ちになって、だんだん常識的になっていかれるような気もする。こいつはたまらない！　——当時の私は本当にそう思った。しかるに一方においては、先生はあれほどの頴才と神経の鋭さと、それから徹底した識見とを持っていられる。最もよいのは、ドストエフスキーと同じように、もう一歩で常識の域を脱して、狂気になるまで理知の力で押し詰めていかなければやまないような傾向さえ持っていられた。いまにして、この人が世間と妥協して、円満な常識人となっていかれるのは、なんとしても惜しい！（まことに失礼な話だが、当時はまじめにそんなことを考えたものである）。もし先生にドストエフスキーを読ませたら、どんなことになるだろう！　私は自分がドストエフスキーを読んで人生観が一変したように思っていたから、それほどでなくとも、先生にもそれが多大の影響を与うるであろうことは信じて疑わなかった。そして、衷心から先生にドストエフスキーが読んでもらいたかった。

あんまりうるさく言うので、先生もようやくその気になられたものとみえ、まず私の持参した『白痴』から始めて、三、四冊読破されたことは前に述べたとおりである。が、先生のそれに対する批評は案外であった。いわく「これは皆有りうべからざる程度に誇張したものだ、誇張以外のなにものでもない」と。私は不服であった。（中　略）

が、一歩を譲って、「そりゃ誇張かもしれません。先生から見れば誇張と見えるようなところがあるかもしれないが」と出直した。「しかし、このムイシキン公爵の、死刑の怖ろしいのは、いま一時間、十分、三十秒経てば、すぐに魂が肉体から飛び出して、自分はもう人間でなくなるんだ——そういう事実を確実に知ることである。（中略）

戦場で兵士を大砲の直前に立たせて、そいつを狙ってぶっぱなしたとしても、その兵士は最後まで一縷の希望を捨てないでしょう。が、この兵士に対して死刑の宣告を読み上げたとしたらどうだろう？　半狂乱になって、きっと泣き出すに違いないと言っているところなぞは、人生の真実に触れているじゃありませんか。彼自身本当に死刑の宣告を受けて、絞首台に立った覚えのあるドストエフスキーにして、はじめて言われることだと思います」。

それを聞くと、先生はまた「いや、そんな非常な事件や強烈な刺激ないしは激越せる感情を取り扱わなければ、人生に触れないように言うのはまちがいだ。平凡な日常生活のあいだにも深刻な人生はある」と再び抗議を提出された。そして、その例証として挙げられたのが、例の「お芋の皮を剝き剝き小説を書いた」と言われるオースチン女史の『高慢と偏見』である。(P.236)　(中　略)

「いや、先生は相手がおれだものだから、ドストエフスキーまでわからないような顔をして、わざとあんなことを言ってるんだ。例によってアンチテーゼだ、親爺逆を言ってるんだよ」と。そして、これは必ずしも私の想定がまちがってもいなかった。ああは言われたようなものの、先生は先生として、ドストエフスキーの中から汲み取るだけのものは汲み取っていられたに違いない。(P.237)＞

㈡、桶谷秀昭の、＜漱石とドストエフスキイ――病理・文明・小説＞(増補版『夏目漱石論』所収、河出書房新社、昭和五十八年(一九八三年)六月)に、次の指摘が、ある。

＜森田草平の回想によれば、漱石がロシヤ文学を含めて大陸文学を英語訳で読むようになったのは、朝日新聞入社の前後からである。岩波版全集第十六巻の「漱石山房蔵書目録」にはロシヤ文学では、アンドレエフ、メレジュコフスキイ、ゴオリキイ、チェホフ、トルストイ、ツルゲエネフがあるが、面白いことにドストエフスキイは一冊も持っていない。これは森田草平から借りて読んだせいであろう。時期は正確ではないが、『煤煙』を書いてからかなり後の頃、ガアネット訳の『白痴』をまずはじめに森田草平は漱石に貸したという。それも頼まれもしないのに、読め読めといって無理強いしたようである。森田草平は、漱石が「『白痴』から始めて、三四冊読破」したと書いているが、

『白痴』以外はドストエフスキイの何を読んだのかわからない。漱石はその読後感を、「これは皆有り得べからざる程度に誇張したものだ、誇張以外の何物でもない」と語ったという。ドストエフスキイかぶれの森田草平に冷水をかけるつもりで、あえて異を唱えたとも考えられ、まるまる漱石の本音とは受け取りがたい。とはいえ、漱石は心にもないことを言ったわけではないと思えるので、ジェーン・オースチンの小説を小説の理想と晩年まで考えていた基準に照らして、ドストエフスキイを誇張だというのは、至極当然の反応でもあろう。(P.334)＞

㈢、板垣直子の、＜「道草」と西欧的要素＞(『漱石文学の背景』、鱒書房、昭和三十一年(一九五六年)七月)に、次の述懐が、ある。

＜漱石はドストエフスキィ F. M. Dostoievskii (1821 — 81) の第一等の傑作といわれる「罪と罰」(一八六六)の深刻な効果に、感動した。そのような事実を証明する文献は残っていないが、その作品をよみ終って、その暗いリアリズムに非常に感激した結果、漱石みずからもそんな暗い効果をあげた作品をかくことを思いついた。という伝説は、漱石に近かった人々からつぎの代の人間へと、口碑の形でうけつがれ、私の耳にまで達してきたのである。

(中　略)

その伝説を裏づけるものとして「道草」は大正四年にかかれたが、それから二年前の大正二年に、内田魯庵が「罪と罰」を訳刊している。内田の全訳は版を重ねているから「罪と罰」は世評にのぼり、大いにかわれたであろうことが想像される。漱石をとりまく例の老若の文学青年達も争ってよんだらしく、もちろんこの作品は、ドストエフスキィ、トルストイ等から成った当時のロシヤのいわゆる人道主義文芸のなかで、一番日本の文学界をゆりうごかしたものであった。(P.191)＞

㈣、荒　正人の、〈解説〉（『漱石文学全集』第九巻、集英社、昭和四十七年（一九七二年）十二月）に、次の指摘が、ある。

〈漱石が『罪と罰』を何時ごろ読んだかという問題は極めて難かしい。清水孝純は、「草平・漱石におけるドストエフスキーの受容」（成瀬正勝編『大正文学の比較文学的研究』昭和四十三年三月三十日、明治書院刊所収）で、漱石とドストエーフスキーの関係に焦点をあてながら、問題の核心に迫っている。また、柳富子は、「漱石とロシヤ文学覚え書」（昭和四十六年十一月三十日、『ロシア手帖』第二号）で、ロシヤ文学者の立場から、極めて清新で、精緻な実証を試みている。日本の文学者たちに、ドストエーフスキーへの関心が起ったのは、明治三十五年頃からで、日露戦争を経て、大正二年には、ドストエーフスキーを紹介し、論述したものが多くなってきた。（中　略）

漱石は、大正四年十一月九日頃から十七日まで、中村是公と天野屋旅館（神奈川県足柄郡湯ケ原町宮上六百二十三番地）に滞在、伊豆山、熱海、箱根に遊んでいる。十一月十七日朝、箱根の富士屋を出発し、湯本を経て、午後、帰京している。この時、森田草平から借りた“Idiot”（『白痴』）を持参し、精読したものらしい。大正五年三月十八日、森田草平宛の手紙には、「御彼岸の牡丹餅ありがたく頂戴ドストエヴスキ小説序を以て御返却致候」とあるのは、“Idiot”のことを意味しているものと推定される。（P. 734）（中　略）

漱石は、『罪と罰』をドイツ語で精読した形跡がある。但し、漱石自身は書き残してはいない。その感想については、「木曜会」でかなり詳しく話したことがあるらしい。これは、大正の初め頃と思われる。（このことについてはもう少し調査を試みたい。）板垣直子『漱石文学の背景』（昭和三十一年七月三十日刊）に収録されている「『道草』と西欧的要素」には、漱石が『罪と罰』に感動し、その暗いリアリズムにならって、自分も作品を書こうとしたと断定している。これは、森田草平を含む、漱石に近かった人々の口から伝えられ、やがては自分の耳にも届いたとも述べている。森田草平は、自分の所蔵していたドストエーフスキーの作品を読んだのは、『門』（明治四十三年）と『彼岸過迄』（明治四十五年）の間だと考えている。漱石の作品に、ドストエーフスキーの影響が投じられたのは、『彼岸過迄』以後ということである。——漱石が『罪と罰』と『死の家の記録』のどちらから先に読みだしたかもまだ実証されていない。その点は、今後の厄介な宿題として残っている。(P.738)　（中　略）

漱石とドストエーフスキーの関係については、日本で勉強していたこともある朝鮮系アメリカ人のBeongcheon Yu の Natume Soseki, Twayne Publishers, Inc.（1969）は、『明暗』への投影を最も重んじ、ドストエーフスキーが『カラマーゾフの兄弟』で、一箇の宇宙を創造したように、漱石は、『明暗』でかれの文学的宇宙を構築したという意味のことを述べている。また、ヴィリエルモ V. H. Viglielmo は、翻訳 Light and Darkness（1971）の後書きで、終り近くに登場する清子の役割を異常と思えるほど重く評価している。(P.740)＞

第三十六章

六月二十二日執筆（推定）
大正五年（一九一六年）七月　三日・「東京朝日新聞」
大正五年（一九一六年）七月　二日・「大阪朝日新聞」

①

彼は新調の脊広の腕をいきなり津田の鼻の先へ持つて来た。
「君は僕が汚ない服装をすると、汚ないと云つて軽蔑するだらう。又会に綺麗な着物を着ると、今度は綺麗だと云つて軽蔑するだらう。ぢや僕は何うすれば可いんだ。何うすれば君から尊敬されるんだ。後生だから教へて呉れ。僕はこれでも君から尊敬されたいんだ」
（第三十六章）

㈠、①、第八十四章に、次の如く、ある。

【お延は平生から小林を軽く見てゐた。半ば夫の評価を標準に置き、半ば自分の直覚を信用して成立つた此侮蔑の裏には、まだ他に向つて公言しない大きな因子があつた。それは単に小林が貧乏であるといふ事に過ぎなかつた。彼には地位がないといふ点に外ならなかつた。（中　略）

彼女は今迄に彼位な貧しさの程度の人に出合はないとは云へなかつた。然し岡本の宅へ出入りをするそれらの人々は、みんな其分を弁へてゐた。身分には段等があるものと心得て、みんな己れに許された範囲内に於てのみ行動を敢てした。彼女は未だかつて小林のやうに横着な人間に接した例がなかつた。彼のやうに無遠慮に自分に近付いて来るもの、富や位地もない癖に、彼のやうに大きな事を云ふもの、彼のやうに無暗に上流社会の悪体を吐くものには決して会つた事がなかつた。

お延は突然気が付いた。

「自分の今相手にしてゐるのは、平生考へてゐた通りの馬鹿でなくつて、或は手に余る擦れツ枯らしぢやなからうか」

軽蔑の裏に潜んでゐる不気味な方面が強く頭を持上げた時、お延の態度は急に改たまつた。】

②、第八十五章に、次の如く、ある。

【其様子を見た小林はまた「奥さん」と云ひ出した。

「奥さん、僕は人に厭がられるために生きてゐるんです。わざ〳〵人の厭がるやうな事を云つたり為たりするんです。左うでもしなければ苦しくつて堪らないんです。生きてゐられないのです。僕の存在を人に認めさせる事が出来ないんです。僕は無能です。幾ら人から軽蔑されても存分な讎討が出来ないんです。仕方がないから責めて人に嫌はれてでも見ようと思ふのです。それが僕の志願なのです」

お延の前に丸で別世界に生れた人の心理状態が描き出された。】

お延と対決しては、津田の留守宅（第八十一章～第八十八章）に於いて、「軽蔑」出来ない、小林の「本領」が、益々に発揮される。

第三十六章

第三十六章

㈡、①、第百五十七章に、次の如く、ある。

【「それで何うだ。僕は始終君に軽蔑される、君ばかりぢやない、君の細君からも、誰からも軽蔑される。――いや待ち給へまだいふ事があるんだ。――それは事実さ、君も承知、僕も承知の事実さ。凡て先刻云つた通りさ。だが君にも君の細君にもまだ解らない事が此所に一つあるんだ。勿論今更それを君に話したつてお互ひの位地が変る訳でもないんだから仕方がない様なものゝ、是から朝鮮へ行けば、僕はもう生きて再び君に会ふ折がないかも知れないから……」（中　略）

「まあ未来の生活上君の参考にならないとも限らないから聴き玉へ。実を云ふと、君が僕を軽蔑してゐる通りに、僕も君を軽蔑してゐるんだ」

「そりや解つてるよ」

「いや解らない。軽蔑の結果はあるひは解つてるかも知れないが、軽蔑の意味は君にも君の細君にもまだ通じてゐないよ。だから君の今夕の好意に対して、僕は又留別のために、それを説明して行かうてんだ。何うだい」（中　略）

「黙つて聴くかい。聴くなら云ふがね。僕は今君の御馳走になつて、斯うしてぱく〳〵食つてる仏蘭西料理も、此間の晩君を御招待申して叱られたあの汚ならしい酒場の酒も、どつちも無差別に旨い位味覚の発達しない男なんだ。そこを君は軽蔑するだらう。然るに僕は却つてそこを自慢にして、軽蔑する君を逆に軽蔑してゐるんだ。いゝかね、其意味が君に解つたかね。考へて見給へ、君と僕が此点に於て何方が窮屈で、何方が自由だか。何方が幸福で、何方が束縛を余計感じてゐるか。何方が太平で何方が動揺してゐるか。僕から見ると、君の腰は始終ぐらついてるよ。度胸が坐つてないよ。厭なものを何処迄も避けたがつて、自分の好きなものを無暗に追懸けたがつてるよ。そりや何故だ。何故でもない、なまじいに自由が利くためさ。贅沢をいふ余地があるからさ。僕のやうに窮地に突き落されて、何うでも勝手にしやがれといふ気分になれないからさ」

津田は天から相手を見縊つてゐた。けれども事実を認めない訳には行かなかつた。】

②、第百五十八章に、次の如く、ある。

【「それぢや何のためにそんな話を僕にして聴かせるんだ。たとひ僕が覚えてゐたつて、いざといふ場合の役にや立たないぢやないか」

「役にや立つまいよ。然し聴かないより増しぢやないか」

「聴かない方が増しな位だ」

小林は嬉しさうに身体を椅子の脊に靠せ掛けて又笑ひ出した。

「其所だ。さう来る所が此方の思ふ壺なんだ」

「何をいふんだ」

「何も云やしない、たゞ事実を云ふのさ。然し説明丈はして遣らう。今に君が其所へ追ひ詰められて、何うする事も出来なくなつた時に、僕の言葉を思ひ出すんだ。思ひ出すけれども、ちつとも言葉通りに実行は出来ないんだ。これならなまじいあんな事を聴いて置かない方が可かつたといふ気になるんだ」

津田は厭な顔をした。

「馬鹿、さうすりや何処が何うするんだ」

「何うしもしないさ。つまり君の軽蔑に対する僕の復讐が其時始めて実現されるといふ丈さ」】

津田と対決しては、仏蘭西料理店（第百五十五章〜第百六十七章）に於いて、「軽蔑」出来ない、小林の「本領」が、益々に発揮される。

第三十六章

第三十八章

六月二十四日執筆（推定）
大正五年（一九一六年）七月　五日・「東京朝日新聞」
大正五年（一九一六年）七月　四日・「大阪朝日新聞」

①

彼の門は例の通り締まつてゐた。彼は潜り戸へ手を掛けた。所が今夜は其潜り戸も亦開かなかつた。立て付けの悪い所為かと思つて、二三度遣り直した揚句、力任せに戸を引いた時、ごとりといふ重苦しい鏁の抵抗力を裏側に聞いた彼は漸く断念した。

彼は此予想外の出来事に首を傾けて、しばらく戸の前に佇立んだ。新らしい世帯を持つてから今日に至る迄、一度も外泊した覚のない彼は、たまに夜遅く帰る事があつても、まだ斯うした経験には出会はなかつたのである。　（中　略）

彼は手を挙げて開かない潜り戸をとん〳〵と二つ敲いた。「此所を開けろ」といふよりも「此所を何故締めた」といつて詰問する様な音が、更け渡りつゝある往来の暗がりに響いた。すると内側ですぐ「はい」といふ返事がした。殆んど反響に等しい位早く彼の鼓膜を打つた其声の主は、下女でなくてお延であつた。　（中　略）

「早く開けろ、己だ」

お延は「あらツ」と叫んだ。
「貴方だつたの。御免遊ばせ」

（第三十八章）

㈠、①、小説の、「二日目」（水）の、津田の帰宅時に於ける、お延の「対応」は、次の如く、である。

第三章・冒頭に、次の如く、ある

【角を曲つて細い小路へ這入つた時、津田はわが門前に立つてゐる細君の姿を認めた。其細君は此方を見てゐた。然し津田の影が曲り角から出るや否や、すぐ正面の方へ向き直つた。さうして白い繊い手を額の所へ翳す様にあてがつて何か見上げる風をした。彼女は津田が自分のすぐ傍へ寄つて来る迄其態度を改めなかつた。

「おい何を見てゐるんだ」

細君は津田の声を聞くと左も驚ろいた様に急に此方を振り向いた。

「あゝ吃驚した。——御帰り遊ばせ」　（中　略）

「そんな所に立つて何をしてゐるんだ」

「待つてたのよ。御帰りを」】

②、小説の、「三日目」（木）の、津田の帰宅時に於ける、お延の「対応」は、次の如く、である。

第十四章・冒頭に、次の如く、ある。

【津田は同じ気分で自分の宅の門前迄歩いた。彼が玄関の格子へ手を掛けようとすると、格子のまだ開かない先に、障子の方がすうと開いた。さうしてお延の姿が何時の間にか彼の前に現はれてゐた。彼は吃驚したやうに、薄化粧を

第三十八章

第三十八章

施こした彼女の横顔を眺めた。　（中　略）

「今日も何処かへ御廻り？」

津田が一定の時刻に宅へ帰らないと、お延は屹度斯ういふ質問を掛けた。勢ひ津田は何とか返事をしなければならなかつた。然しさう用事ばかりで遅くなるとも限らないので、時によると彼の答は変に曖昧なものになつた。そんな場合の彼は、自分のために薄化粧をしたお延の顔をわざと見ないやうにした。

「中てゝ見ませうか」

「うん」

今日の津田は如何にも平気であつた。

「吉川さんでせう」

「能く中るね」

「大抵容子で解りますわ」】

③、小説の、「三日目」（金）の、津田の帰宅時に於ける、お延の「対応」は、次の如く、である。

第十八章・冒頭に、次の如く、ある。

【津田の宅へ帰つたのは、昨日よりは稍早目であつたけれども、近頃急に短かくなつた秋の日脚は疾くに傾いて、先刻迄往来に丈残つてゐた肌寒の余光が、一度に地上から払ひ去られるやうに消えて行く頃であつた。

彼の二階には無論火が点いてゐなかつた。玄関も真暗であつた。今角の車屋の軒燈を明らかに眺めて来た許の彼の眼は少し失望を感じた。彼はがらりと格子を開けた。それでもお延は出て来なかつた。昨日の今頃待ち伏せでもするやうにして彼女から毒気を抜かれた時は、余り好い心持もしなかつたが、斯うして迎へる人もない真暗な玄関に立たされて見ると、矢張り昨日の方が愉快だつたといふ気が彼の胸の何処かでした。彼は立ちながら「お延お延」と呼んだ。すると思ひ掛けない二階の方で「はい」といふ返事がした。それから階子段を踏んで降りて来る彼女の足音が聞こえた。（中　略）

「二階は真暗ぢやないか」

「えゝ。何だか盆槍して考へてゐたもんだから、つい御帰りに気が付かなかつたの」

「寐てゐたな」

「まさか」】

④、そして、小説の、「四日目」（土）の、津田の帰宅時に於ける、お延の「対応」は、見るように、評釈①（第三十八章・冒頭）である。

「五日目」（日）以後の、お延の「対応」は、津田の入院加療と湯治場行きのため、書かれることはない。

第三十八章、小説の、「第四日目」（土曜日）が、終わる。

第三十八章

第三十九章

六月二十五日執筆（推定）

大正五年（一九一六年）七月　六日・「東京朝日新聞」

大正五年（一九一六年）七月　五日・「大阪朝日新聞」

第三十九章、小説の、「第五日目」（日曜日）が、始まる。

入院の、「第一日目」（日曜日）が、始まる。

①

あくる朝の津田は、顔も洗はない先から、昨夜寐る迄全く予想してゐなかつた不意の観物によつて驚ろかされた。

彼の床を離れたのは九時頃であつた。彼は何時もの通り玄関を抜けて茶の間から勝手へ出ようとした。すると婢娟に盛粧したお延が澄まして其所に坐つてゐた。（中　略）

津田は眼をぱちつかせて、赤い手絡をかけた大丸髷と、派出な刺繍をした半襟の模様と、それから其真中にある化粧後の白い顔とを、さも珍らしい物でも見るやうな新らしい眼付で眺めた。

「一体何うしたんだい。朝つぱらから」

お延は平気なものであつた。（中　略）

津田は又改めて細君の服装を吟味する様に見た。

「余まりおつくりが大袈裟だからね」

（第三十九章）


㈠、①、第八十章に、次の如く、ある。

【強い意志がお延の身体全体に充ち渡つた。朝になつて眼を覚ました時の彼女には、怯懦ほど自分に縁の遠いものはなかつた。寐起の悪過ぎた前の日の自分を忘れたやうに、彼女はすぐ飛び起きた。夜具を跳ね退けて、床を離れる途端に、彼女は自分で自分の腕の力を感じた。（中　略）
彼女は自分で床を上げて座敷を掃き出した後で鏡台に向つた。さうして結つてから四日目になる髪を解いた。油で汚れた所へ二三度櫛を通して、癖が付いて自由にならないのを、無理に廂に束ね上げた。】

②、第百八十二章に、次の如く、ある。

【「何うしたね」

「お待遠さま。大変遅かつたでせう」

「なに左右でもないよ」

「少しお手伝ひをしてゐたもんですから」

「何の？」

「お部屋を片付けてね、それから奥さんの御髪を結つて上げたんですよ。それにしちや早いでせう」

津田は女の髷がそんなに雑作なく結へる訳のものでないと思つた。

第三十九章

第三十九章

③、第百八十七章に、次の如く、ある。

【彼はすぐ清子の手から眼を放して、其髪を見た。然し今朝下女が結つて遣つたといふ其髪は通例の庇であつた。何の奇も認められない黒い光沢が、櫛の歯を入れた痕を、行儀正しく竪に残してゐる丈であつた。】

「銀杏返しかい、丸髷かい」

下女は取り合はずにたゞ笑ひ出した。

「まあ行つて御覧なさい」】

㈡、岡崎義恵の、〈「明暗」の象徴 丸髷と庇髪〉（『森鷗外と夏目漱石』所収、宝文館出版、昭和四十八年（一九七三年）二月）に、次の見解が、ある。

〈しかし始めに述べた第三十八回の丸髷は、その上特別の意味がある。これはお延が叔父の岡本の家から誘われて、翌日芝居へ行く予定で、特に入念に結っている髪であるらしい。ところがその日は、津田は手術のため入院する日である。妻の芝居見物と夫の手術とかちあったその朝の光景は、第三十九回の冒頭に描写されている。津田は「嬋娟に盛装したお延が澄まして」茶の間に坐っているのを見て、「寝起の顔へ水を掛けられたやうな」感じがした。（中略）

津田はお延が病院へ付いてゆくためにだけこの盛装をこらしていると思ったが、お延の心では、夫の手術後うまくゆけば芝居へ廻ろうという下心があったのである。それは病院で後に夫に打明けるところがある。そこで津田は朝からのお延の所作に思い当たるのであった。これはちょっとしたことのようだが、お延の性格をよくあらわしている。

お延は非常に技巧のある女である。第一、芝居へゆくとなれば大丸髷の盛装であるが、それを夫の付添いのためのように見せて置いて、実はうまく芝居の方へもってゆくつもりで、十分効果的な技巧を用いているのである。（中　略）後に第八十四回で、四日目になるこの髪を解いて、庇髪に束ね上げるところがある。「油で汚れた所へ二三度櫛を通して、癖が付いて自由にならないのを、無理に廂に束ね上げた。」とある。大丸髷の癖のついたお延の髪は、容易にさらりとした庇髪に還らないであろう。この「丸髷」は大袈裟な身構えと本能的な技巧に満ちた、お延という人間の象徴ではなかろうか。

お延の時代には、丸髷に結うのは妻としての正装であったが、今日街頭で丸髷の婦人を見かけることは困難で、ゆくゆくは博物館にでも行かなければ見られなくなるかも知れない。してみると、お延の丸髷姿、それによって象徴されるお延の人間的意味「私」というべきものを理解することは、これからは困難になってゆくかも知れない。

当時、女の髪は普通庇髪であったとすると、丸髷に結うのも細君の場合はあたり前であったともいえるが、特に改まった身ごしらえを意味することもあったであろう。このことを今一つの例で考えてみたい。それは「明暗」第百八十二回・第百八十七回のところである。（P.405）　（中　略）

津田は清子の入念な身構えを期待したのであった。多分お延のそうした態度に馴れていたからであろう。ところが、いよいよ清子に逢ってみると、「今朝下女が結って遣つたといふ其髪は通例の庇であった。何の奇も認められない黒い光沢が、櫛の歯を入れた痕を、行儀正しく竪に残してゐる丈であつた。」というのである。

清子はこの会見を、津田の予期したような余所行の態度で迎えなかった。津田は拍子抜けのした感じがしたであろう。しかし、清子という人はそうした人であったし、特にこの会見をそうした平常の態度で、自然に果たそうとしているところに、この作の重大な意義がある。何かといえば大袈裟な丸髷で出て来るお延の世界は「私」の世界、エゴイズムの世界であった。愛を独占しようとして戦争を起こす世界であった。清子の世界はそれを平常の何の「奇も認

第三十九章

められない」庇髪で通ってゆこうとするのである。それが「則天去私」の世界であるらしい。

そうしてみるとお延の大丸髷は、赤い手絡やはでな襟や化粧後の白い顔を身方にして、エゴイズムの戦を象徴する旗じるしのようなものであり、清子の庇髪は「何の奇も認められない黒い光沢」によって、絶対の平和を象徴するものであったと思われる。

「お延と清子」という二つの世界に足をかけている津田が、これからどうなってゆくかということが、「明暗」の残した課題であり、漱石が最後に我々に投げかけた謎であるとすれば、それは丸髷か庇髪かという象徴に置きかえて考えてみることができる。(P.407)　(中　略)

芸術は科学や道徳とちがって、具象的な想像の世界を生命としている。女が出てくれば、その女の風貌はおのずから直観像のような形で浮かんで来なければならない。「虞美人草」などは、その具体的な形象を読者に強制するような表現が多く、藤尾などは大庇髪の姿を想像させる。映画でそれを昭和式の洋髪にしたのがあって、却って異様な感がした。「不如帰」の浪子なども、芝居などでは庇髪ときまっているが、これはどうであろうか。却って時代にあわないのではなかろうか。

「金色夜叉」のお宮は高島田の風貌がうかぶ。そうした明治時代の作品に比すると、大正以後は女の髪のことを気にしたりするのは、低級な大衆趣味であるかのように考えられ、次第に女主人公の直観像は希薄になって、内面の心理や思想的な人生観ばかりが、骸骨のように作品から抽出される傾向が生じたように思う。しかし、それでは芸術形象の美は失われ、文芸作品とはいいにくいことになる。

お延の丸髷姿、清子の庇髪の様子は、単に風俗描写としても意味があるし、二人の性格の表現として意味がある。それをいきいきと形象化することを、作者は志しているのである。しかし、その上に更に、これは則天去私の人生観の象徴としての意味がある。我々明治生まれの読者はそう気がつけばそれを正しく享け入れることができるが、これ

からの読者は、かなりの研究による準備を必要とするに至るのではなかろうか。(P.409)＞

②

そのうちで一番重くて嵩張つた大きな洋書を取り出した時、彼はお延に云つた。

「是は置いて行くよ」

「さう、でも何時でも机の上に乗つてゐて、枝折が挟んであるから、お読みになるのかと思つて入れといたのよ」

津田は何にも云はずに、二ケ月以上もかゝつて未だ読み切れない経済学の独逸書を重さうに畳の上に置いた。

「寐てゐて読むにや重くつて駄目だよ」


(第三十九章)

第五章の、評釈①(page 57)、参照。

第三十九章

第四十一章

六月二十七日執筆（推定）
大正五年（一九一六年）七月　八日・「東京朝日新聞」
大正五年（一九一六年）七月　七日・「大阪朝日新聞」

1

津田は女に穢ないものを見せるのが嫌な男であつた。ことに自分の穢ない所を見せるは厭であつた。もつと押し詰めていふと、自分で自分の穢ない所を見るのでさへ、普通の人以上に苦痛を感ずる男であつた。

（第四十一章）

㈠、殊の外、「自分の穢ない所」を隠蔽する、津田の「性質性」が、云われている。
津田のその「精神」の在り様は、「肉体」の病気（痔）の在り様が、隠喩する。

第一章の、評釈①（page 4）、参照。

2

「まだ外に掛ける所があるのかい」

「えゝ岡本へ掛けるのよ。午迄に掛けるつて約束があるんだから、可いでせう、掛けても」

前後して階子段を下りた二人は、其所で別々になつた。一人が電話口の前に立つた時、一人は診察室の椅子へ腰を卸した。

（第四十一章）


㈠、第三十七章に、次の如く、ある。


【時刻はそれ程でなかつたけれども、秋の夜の往来は意外に更け易かつた。昼は耳に付かない一種の音を立てゝ電車が遠くの方を走つてゐた。別々の気分に働らき懸けられてゐる二人の黒い影が、まだ離れずに河の縁をつたつて動いて行つた。

「朝鮮へは何時頃行くんだね」

「ことによると君の病院へ入いつてゐるうちかも知れない」】

一人は、「診察室の椅子へ腰を卸」し、一人は、「電話口の前に立」つ。夫・津田の「手術」を挟んで、夫婦のベクトルは、それぞれ勝手な方向を、羅針し始める。

津田という「個」と、お延という「個」とが、如何に「別々になつ」ているかの在り様が、以下、描出される。

第四十一章

第四十二章

六月二十八日執筆（推定）
大正五年（一九一六年）七月　九日・「東京朝日新聞」
大正五年（一九一六年）七月　八日・「大阪朝日新聞」

①

「リチネはお飲みでしたらうね」

医者は糊の強い洗ひ立ての白い手術着をごわごわさせながら津田に訊いた。

「飲みましたが思つた程効目がないやうでした」

昨日の津田にはリチネの効目を気にする丈の暇さへなかつた。夫から夫へと忙がしく心を使はせられた彼が此下剤から受けた影響は、殆んど精神的に零であつたのみならず、生理的にも案外微弱であつた。

「ぢやもう一度浣腸しませう」

浣腸の結果も充分でなかつた。

（第四十二章）


㈠、大正元年九月二十六日の、漱石の「日記」に、次の如く、ある。

△正午痔瘻の切開。前の日は朝パンと玉子紅茶。昼は日本橋仲通りから八丁堀茅場丁須田丁から今川小路迄歩いて風月堂で紅茶と生菓子。晩は麦飯一膳。四時にリチ子ヲ飲んで七時に晩食を食ふたが一向下痢する景色なし、翌日あさ普通の如く便通あり。十時頃錦町一丁目十佐藤医院に来て浣腸。矢張り大した便通なし。十二時消毒して手術にかゝる。コカイン丈にてやる。二十分ばかりかゝる。瘢痕が存外かたいから出血の恐れがあるといふので二階に寐てゐる。括約筋を三分一切る。夫がちゞむ時妙に痛む。神経作用と思ふ。縮むなといふ idea が頭に萌すとどう我慢しても縮む。まぎれてゐれば何でもなし。

部屋から柳（。印は、著者——括弧内は著者の註記）が一本見える風に揺られて枝のさきが動いてゐる。前の家で謡をしきりに謡ふ。赤煉瓦の倉の壁が見える。床に米華といふ人の竹がある。北窓閒友とかいてある。

夜　新内の流しがくる。夜番が拍子木を鳴らしてくる。えい子あい子来る。▽

(二)、第百十四章の冒頭と、最後に、次の如く、ある。

【前夜よく寐られなかつた疲労の加はつた津田は其晩案外気易く眠る事が出来た。翌日も亦透き通るやうな日差を眼に受けて、晴々しい空気を嵌硝子の外に眺めた彼の耳には、隣りの洗濯屋で例の通りごし〳〵云はす音が、何処となしに秋の情趣を唆つた。（中　略）

表は何時か風立つた。洗濯屋の前にある一本の柳の枝が白い干物と一所になつて軽く揺れてゐた。それを掠めるやうに懸け渡された三本の電線も、余所と調子を合せるやうにふら〳〵と動いた。】

第四十二章

第四十二章

㈢、高木文雄の、〈柳のある風景 ―― 『明暗』の方法 ――〉（『漱石の命根』所収、桜楓社、昭和五十二年（一九七七年）九月）に、次の見解が、ある。

〈柳は入院した時からそこにあって、病室でのドラマを見ていた。彼はその柳を視覚してはいたが見・留め（認め）てはいなかった。したがって柳を恐れることはなかった。

　この柳の由来を確かめておこう。

　一九一一：明治四十四年夏、大患一年後の漱石は関西での朝日講演会に出演し、疲労から二度目の胃潰瘍のため大阪で入院した。帰京したのは九月十四日であった。大阪にいた頃から肛門が不愉快だったが、帰宅後それが悪化し、ひどく痛むようになった。十七日の日曜日に主治医に往診を依頼した。主治医は須賀保、赤城下町に開業していた。漱石からの往診の依頼のあった時、偶然佐藤恒祐が碁をうちに来ていた。佐藤は性病の専門であった。内科の須賀は佐藤を紹介し、佐藤は漱石が外出できるようになるまで往診し、その後は漱石が隔日通院して治療に励んだ。あまりたびたびの事なので今度は入院せずに治したいという希望を漱石が持っていたのでそういう方法がとられたのであった。治療は『彼岸過迄』の執筆が終った後まで続き、一度治癒したかに見えたが、暫くして再発した。それで一九一二：大正元年九月入院して手術を受けた。この佐藤診療所が『明暗』の小林病院のモデルである。小川町停留所の西乗降所まえに口のある露地を南に入った西側にあった（付図参照）。

　医師佐藤恒祐は、漱石の前の主治医森成麟造や当時の主治医須賀保と同窓である。真山青果と同級であったことは、一九一一：明治四十四年十二月六日の漱石の日記に書かれている。

　入院して手術を受けた時に入った病室は、露地を見下す東窓と南縁側とのある六畳の間で、明るかった。縁先には南隣の西洋洗濯屋の物干が迫っていたが、眺望を塞ぐほどではなかったらしい。「部屋から柳が一本見える風に揺られて枝のさきが動いてゐる。前の家で謡をしきりに謡ふ。赤煉瓦の倉の壁が見える」と九月二十六日の日記にある。

手術の模様を記したあと、部屋から眺めに移った最初に、柳に注目している。この印象が文学的な意味をもつ装置として用いられることになって、柳に見られていて気づかない津田やお延やお秀や小林が描かれることになる。

赤煉瓦の倉庫も謡曲指南所の二階家も実在のものであるが、作品の中では位置を変えてある。赤い煉瓦造りの倉庫が柳の背景になる場所に移されているのである（百十六）。たいへん鮮やかな組合せになっている。しかし、初めのうち津田は目の先の白い洗濯物にしか気づいていない。「洗濯屋の前にある一本の柳の枝が白い干物と一所になつて軽く揺れて」（百十四）いるのに彼にはそれが見えないのである。謡曲や洗濯の表わしているのは外の世界である。その広がりのほぼ中心に柳は置かれた。（P.179）＞

第一章の、評釈①（page 4）、参照。

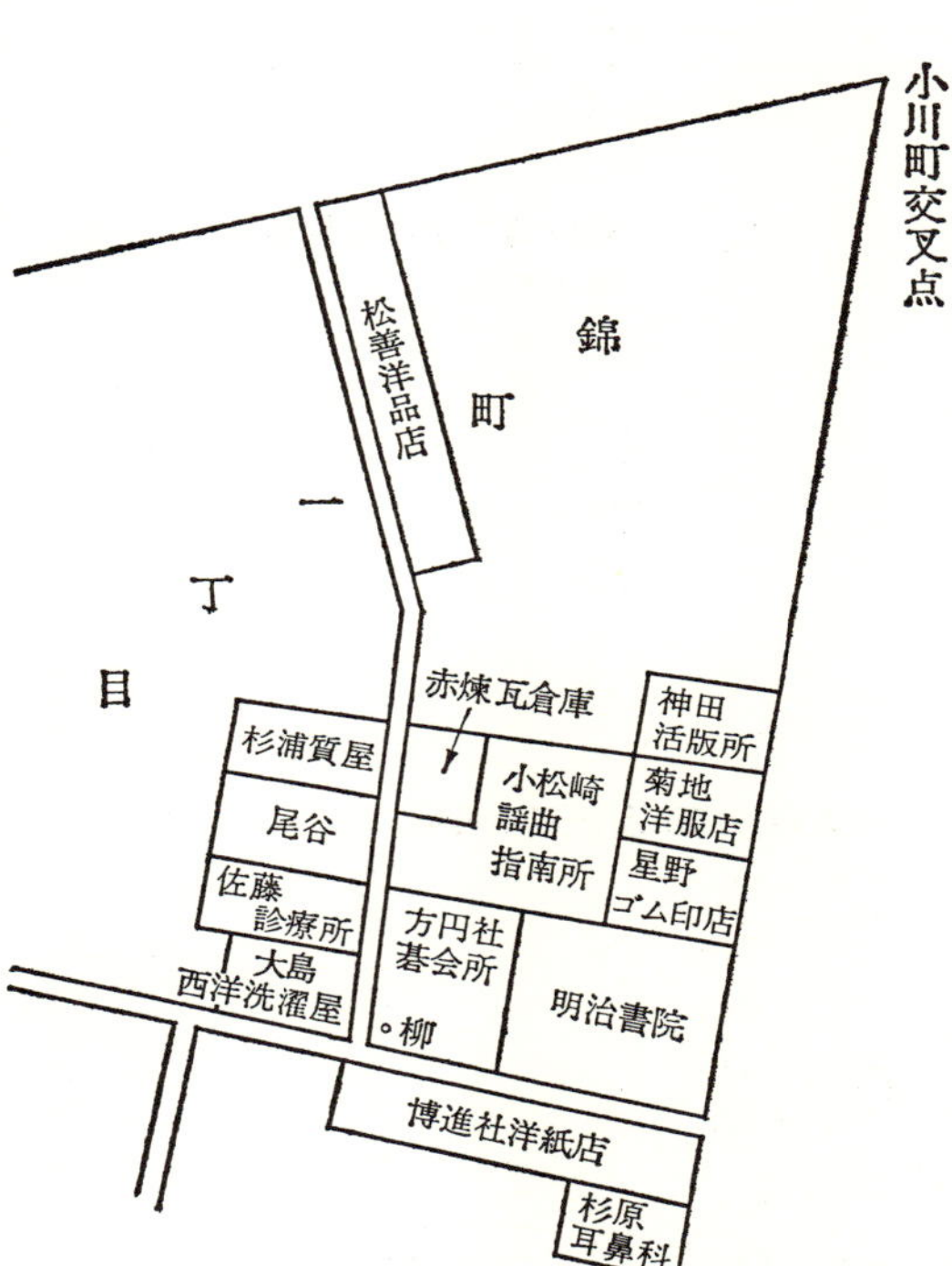

付図　佐藤医院周辺図

大正時代から明治書院に勤めておられた坂本鄭次氏が思い出して書いてくださった図と佐藤恒祐が〝医事新報〟に載せた図とを原にして調製。庭に柳のあった碁会所は大正３年倉庫に建て替えられ、柳もなくなった。

（高木文雄の、「柳のある風景――『明暗』の方法――」（『漱石の命根』所収、桜楓社、昭和52年（1977年）９月）より、転載）

㈣、十川信介の、〈注解〉（『漱石全集』第十一巻、岩波書店、平成六年（一九九四年）十一月）に、「佐藤診療所」の、次の「図版」が、ある。

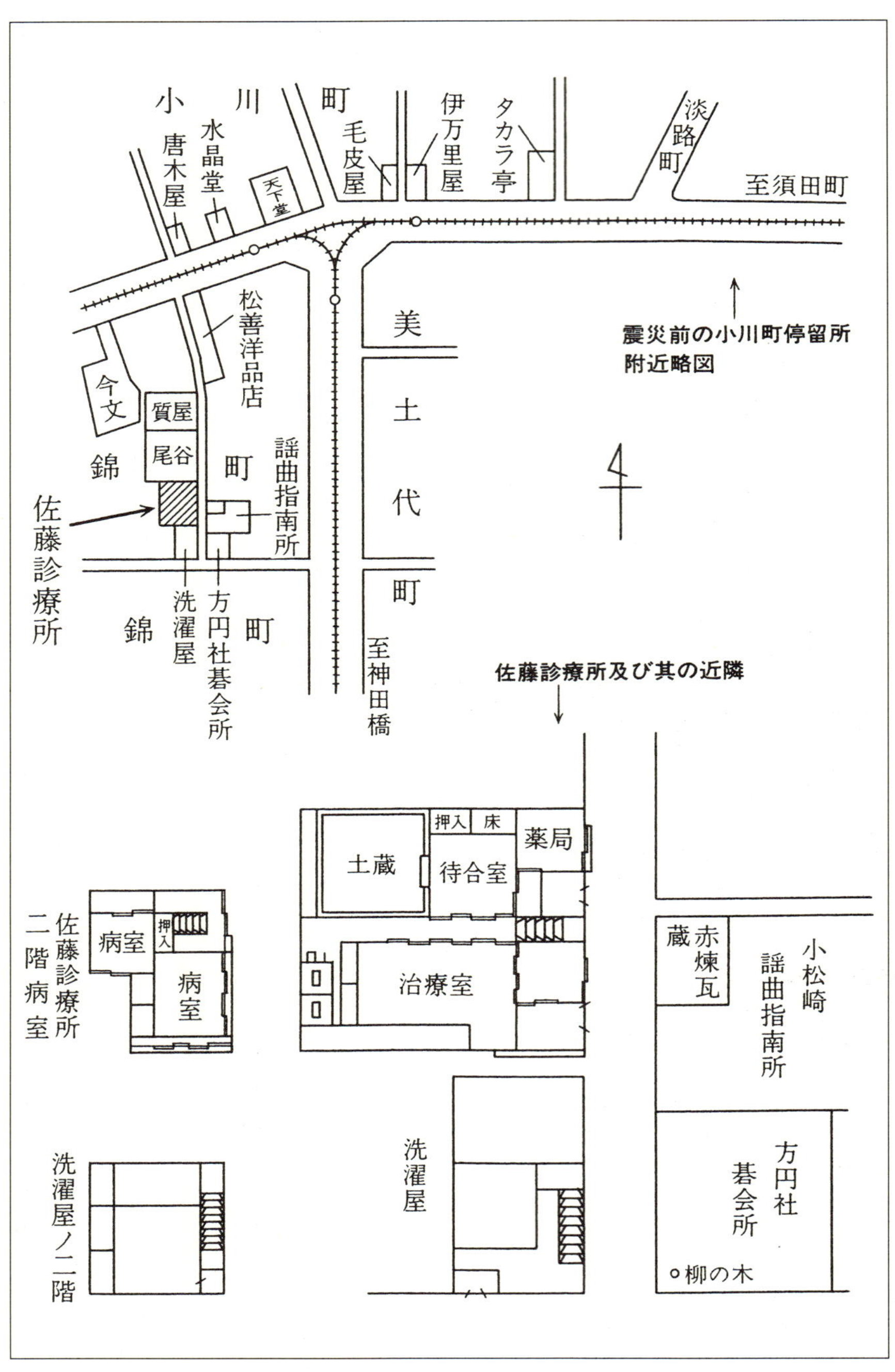

「漱石先生と私」（『日本医事新報』昭和15年６月15日）より

（十川信介の、「注解」（『漱石全集』第11巻、岩波書店、平成６年(1994年)11月）より、転載）

2

彼は大きな眼を開いて天井を見た。其天井の上には綺麗に着飾つたお延がゐた。其お延が今何を考へてゐるか、何をしてゐるか、彼には丸で分らなかつた。彼は下から大きな声を出して、彼女を呼んで見たくなつた。

（第四十二章）

㈠、①、第六章・冒頭に、次の如く、ある。

【「おいお延」

彼は襖越しに細君の名を呼びながら、すぐ唐紙を開けて茶の間の入口に立つた。すると長火鉢の傍に坐つてゐる彼女の前に、何時の間にか取り拡げられた美くしい帯と着物の色が忽ち彼の眼に映つた。暗い玄関から急に明るい電燈の点いた室を覗いた彼の眼にそれが常よりも際立つて華麗に見えた時、彼は一寸立ち留まつて細君の顔と派出やかな模様とを等分に見較べた。

「今時分そんなものを出して何うするんだい」

お延は檜扇模様の丸帯の端を膝の上に載せた儘、遠くから津田を見遣つた。

「たゞ出して見たのよ。あたし此帯まだ一遍も締めた事がないんですもの」

「それで今度その服装で芝居に出掛けようと云ふのかね」

津田の言葉には皮肉に伴ふ或冷やかさがあつた。お延は何にも答へずに下を向いた。】

②、第三十九章・冒頭に、次の如く、ある。

第四十二章

第四十二章

【あくる朝の津田は、顔も洗はない先から、昨夜寐る迄全く予想してゐなかつた不意の観物によつて驚ろかされた。彼の床を離れたのは九時頃であつた。彼は何時もの通り玄関を抜けて茶の間から勝手へ出ようとした。すると嬋娟に盛粧したお延が澄まして其所に坐つてゐた。（中　略）

津田は眼をぱちつかせて、赤い手絡をかけた大丸髷と、派出な刺繡をした半襟の模様と、それから其真中にある化粧後の白い顔とを、さも珍らしい物でも見るやうな新らしい眼付で眺めた。

「一体何うしたんだい。朝つぱらから」

お延は平気なものであつた。

「何うもしないわ。――だつて今日は貴方がお医者様へ入らつしやる日ぢやないの」】

③、第四十章に、次の如く、ある。

【車上で振り返つた津田は、何にも云はずに細君の顔を見守つた。念入に見仕舞をした若い女の口から出る刺戟性に富んだ言葉のために引き付けられたものは夫ばかりではなかつた。車夫も梶棒を握つた儘、等しくお延の方へ好奇の視線を向けた。】

④、第四十章に、次の如く、ある。

【薬局にゐた書生は奥から見習ひの看護婦を呼んで呉れた。まだ十六七にしかならない其看護婦は、何の造作もなく笑ひながら津田にお辞儀をしたが、傍に立つてゐるお延の姿を見ると、少し物々しさに打たれた気味で、一体此孔雀は何処から入つて来たのだらうといふ顔付をした。】

上には、「綺麗に着飾つたお延」が居り、下には「手術中の津田」が居る。

天井の上と下で、夫婦のベクトルが、それぞれに勝手な方向を、羅針している。

第三十九章の、評釈①（page 178）、参照。

③

するとと足の方で医者の声がした。
「やっと済みました」
無暗にガーゼを詰め込まれる、こそばゆい感じのした後で、医者は又云つた。
「瘢痕が案外堅いんで、出血の恐れがありますから、当分凝としてゐて下さい」
最後の注意と共に、津田は漸く手術台から下ろされた。

（第四十二章）

㈠、第一章・冒頭に、次の如く、ある。

【医者は探りを入れた後で、手術台の上から津田を下した。】

第一章の、評釈⑦（page 17）、参照。

第四十二章

第四十三章

六月二十九日執筆（推定）
大正五年（一九一六年）七月　十　日・「東京朝日新聞」
大正五年（一九一六年）七月　九日・「大阪朝日新聞」

①

「お延、お前何か食ふなら看護婦さんに頼んだら可いだらう」

「左右ね」

お延は躊躇した。

「あたしどうしようかしら」

「だつて、もう昼過だらう」

「ええ。十二時二十分よ。貴方の手術は丁度二十八分掛つたのね」

時計の蓋を開けたお延は、それを眺めながら精密な時間を云つた。津田が手術台の上で俎へ乗せられた魚のやうに、大人しく我慢してゐる間、お延は又彼の見詰めなければならなかつた天井の上で、時計と睨めつ競でもするやうに、手術の時間を計っていたのである。


（第四十三章）

㈠、大正元年九月二十六日の、漱石の「日記」には、「十二時消毒して手術にかゝる。コカイン丈にてやる。二十分ばかりかゝる」とある。

第四十二章の、評釈①(page 184)、参照。

㈡、北山正迪の、〈漱石「私の個人主義」について ― 『明暗』の結末の方向 ―〉(『文学』第四十五巻第十二号、岩波書店、昭和五十二年(一九七七年)十二月)に、次の見解が、ある。
〈そうした自我のもつ内的不安は『明暗』に於いては、もしその愛が成就しないなら、換言すれば「人」と「人」との出会いが成立しないなら、「愛」の場に於いては近代の自我の、自我であることに基づく悲劇は永久に続くことをいう性質のものであろう。(P. 19)〉

津田とお延は、相会うことを知らない。
根源的に、相会うことの出来ない、「我」と「汝」の悲劇性が、際立つ。

第四十三章

第四十四章

大正五年（一九一六年）七月　十一日・「東京朝日新聞」
大正五年（一九一六年）七月　十　日・「大阪朝日新聞」

六月三十　日執筆（推定）

①

「あゝ」

お延は微かな溜息を洩らしてそつと立ち上つた。一旦閉て切つた障子をまた開けて、南向の縁側へ出た彼女は、手摺の上へ手を置いて、高く澄んだ秋の空をぼんやり眺めた。隣の洗濯屋の物干に隙間なく吊されたワイ襯衣だのシーツだのが、先刻見た時と同じ様に、強い日光を浴びながら、乾いた風に揺れてゐた。

「好いお天気だ事」

お延が小さな声で独りごとのやうに斯う云つた時、それを耳にした津田は、突然籠の中にゐる小鳥の訴へを聞かされたやうな心持がした。弱い女を自分の傍に縛り付けて置くのが少し可哀相になつた。彼はお延に言葉を掛けやうとして、接穂のないのに困つた。お延も欄干に身を倚せた儘すぐ座敷の中へ戻つて来なかつた。

（第四十四章）

㈠、①、第百五十四章に、次の如く、ある。


【津田は答へなかつた。然しお延は已めなかつた。

「あたしがそんなに気楽さうに見えるの、貴方には」

「あゝ見えるよ。大いに気楽さうだよ」

此好い加減な無駄口の前に、お延は微かな溜息を洩らした後で云つた。

「詰らないわね、女なんて。あたし何だつて女に生れて来たんでせう」】

②、第九十三章に、次の如く、ある。

【彼は籠の中の鳥見たやうに彼女を取扱ふのが気の毒になつた。何時迄も彼女を自分の傍に引き付けて置くのを男らしくないと考へた。それで快よく彼女を自由な空気の中に放して遣つた。】

㈡、丸尾実子の、＜軋みはじめた〈鳥籠〉――『明暗』――＞（『漱石研究』第3号❖1994［NO.3］、翰林書房、平成六年（一九九四年）十一月）に、次の指摘が、ある。

＜掌中から逃げた鳥、籠の中に安住し囀る鳥、籠から出たいと訴える鳥――『明暗』には様々な〈鳥〉が登場する。〈鳥〉の姿になぞらえた形容をうけているのは女性である。また、それを閉じ込める〈籠〉を所有しているのは男性である。（P.150）　（中　略）

延子についてはどうか。語り手が代弁するところによると、津田は彼女を〈籠の鳥〉として見ている。彼は、岡本の誘いで芝居に行きたがる彼女を前にして、「突然籠の中にゐる小鳥の訴へを聞かされたやうな心持」（四十四）を覚

第四十四章

える。そしてその後、「籠の中の鳥見たやうに彼女を取扱ふのが気の毒」（九十三）になり、「それで快よく彼女を自由な空気の中に放して遣」（九十三）った。退院後、津田が小林に会いに行く日には、彼は、自分の勇気について語るお延を見て、「今迄死んでゐると許り思つて弄り廻してゐた鳥の翅が急に動き出すやうに見えた」（百五十四）と感じ始める。

さらに、津田の入院中にお延が想起する、津田との馴れ初めのシーンには以下のような描写がある。

由雄の手に提げた書物は、今朝お延の返しに行つたものに比べると、約三倍の量があつた。彼はそれを更紗の風呂敷に包んで、恰も鳥籠でもぶら下げてゐるやうな具合にしてお延に示した。（七十九）

（中　略）

お延はこの後、津田の示す〈鳥籠〉の中に入る、つまり、津田に嫁ぐことになる。（P.151）

中でも、私がここで特に注目したいのは、この大正五年が、『青鞜』廃刊の年であり、巷では芸術座の松井須磨子演ずる、イプセン『人形の家』が大きく話題を集めていた時期にあたるという点である。

『明暗』に、漱石が当時抱いた〈新しい女〉の像が描かれているということは、今までも様々に論じられてきた。そして、作中に登場する〈鳥〉たちの姿には、その当時の女性たちの姿が重ねられているように私は考える。

〈籠〉――これは、当時の女性の自由を束縛している、旧い日本の封建的習俗のようなものではないか。〈籠の中の鳥〉のように妻を見る津田は、その点において、『人形の家』で、ノラを「可愛いひばりさん」と呼んで愛玩し、人形のように扱ったヘルメル氏と同様、当時の社会のごく標準的な男性というべきなのであろう。そして、〈籠の中の鳥〉とは、当時の夫婦関係における妻の姿であり、そこでは如何に美しく、貞淑で従順な〈鳥〉であるかが〈良妻賢母〉の姿として望まれていたのである。（継子のように一芸を身に付けようとする〈鳥〉は、なお悦ばしい。）――そして、その〈籠〉を嫌がる〈鳥〉とは、当時の封建的習俗の圧迫から逃れようとしてもがいている、いわゆる

〈新しい女〉のようなものではあるまいか。

〈新しい女〉とは、『青鞜』社の平塚らいてうなど、近代的な知性を身につけ、封建的習俗からの解放を望む女性たちを、ジャーナリズムが、なかば揶揄をこめて呼んだ呼称であり、〈籠の中の鳥〉のような〈良妻賢母〉とは相対立する性質のものである。(P.155)

(中　略)

四十四章の、病院で芝居に行きたがる延子も、障子を開け、縁側の手摺の上に手を置いたり、欄干に身を倚せたまま、すぐには座敷の中へ戻って来なかった。〈欄干〉や〈縁側〉は、〈鳥〉が〈籠〉の外への志向を示す時に、登場するものと考えられる。(P.165)〉

㈢、織田元子の、〈漱石のセクシュアル・ポリティックス ―― 比較文化的考察 ――〉(『漱石研究』第3号❖1994 [NO.3]、翰林書房、平成六年(一九九四年)十一月)に、次の指摘が、ある。

〈「その外へ出る発想」とは要するにフェミニスト的な考え方のことだろうが、そういう基準で日本の近代文学を再評価するなら、作者が男であるかぎりまず絶望的と見てよい。しかしこれは日本にかぎったことではない。

(中　略)

たとえば、漱石の初期の短編「文鳥」では、語り手が飼っている一羽の文鳥が女のイメージに重ねられて語られる。主人公は友人にもらった文鳥を教えられたとおりに世話するが、忙しさにまぎれて忘れることもあり、そんなときには家人が世話をする。ところが、あるとき運悪く誰も世話をしない日が続き、文鳥は死んでしまう。彼は怒り、「家人が餌を遣らないものだから、文鳥はとうとう死んでしまった。たのみもせぬものを籠へ入れて、しかも餌を遣る義務さえ尽さないのは残酷の至りだ」と文鳥をくれた友人に書き送る。友人からの返事には、「文鳥は可愛想な事を致しましたとあるばかりで家人が悪いとも残酷だとも一向書いてなかった」という形で作品は締め括られている。

注目すべきは、漱石の「たのみもせぬものを籠へ入れて、しかも餌を遣る義務さえ尽さないのは残酷の至り」の一節で、主人公は文鳥を籠で飼うこと自体が人間の身勝手であることが分かっている（この一句は、『行人』の「嫂」の言葉――「妾なんか丁度親の手で植え付けられた鉢植のようなもので一遍植えられたが最後、誰か来て動かしてくれない以上、とても動けやしません。凝としているだけです。立枯になるまで凝としているより外に仕方がないんですもの」〔「塵労」四〕――を想起させる）。文鳥の死は彼の責任である。それは内心分かっている。それでも主人公は、文鳥の死の責任を家人に転嫁せずにはおれない。しかし作者はそれを全面的には肯定しえないので、友人には「可愛想な事を致しました」より以上のことは言わせない。（P.32）〉

㈣、〈『道草』から『明暗』へ〉（［シンポジウム］日本文学14『夏目漱石』、学生社、昭和五十年（一九七五年）十一月）に、佐藤泰正の、次の発言が、ある。

〈**相原**　男よりも、むしろ女のほうが圧倒的に多い。

佐藤　男性作家として、他者としての女性を書く目が確立したという問題が初めて……。

平岡　明らかに意識的にそうしておりますからね。

佐藤　とにかく『明暗』はお延の魅力で読むのですけれども、津田を読むときはなるほどそうだといささか身につまされて暗くなる。お延になると、なんとも、よく書けておりますね。（P.201）〉

㈤、津島佑子の、＜【鼎談】動く女と動かない女 ── 漱石文学の女性たち＞（『漱石研究』第3号❖1994［NO.3］、翰林書房、平成六年（一九九四年）十一月）に、次の発言が、ある。

＜妻という名になった一人の若い女が自分で歩きだして行動しはじめているというのが、印象として鮮やかですよね。他の作品でも、妻たちはもちろん口もきくし、ヒステリーも起こすけれども、植物みたいに自分から動かない女たちだったのが、お延の場合は自分で動きだしちゃう。そういうところでは、やはり一番面白いですよね。そして動きが生き生きと感じられるのは、確かに、この場合まだ新婚なので、お延が妻と娘の中間地帯にいるという要素が大きいんでしょうね。妻になろうという強い意志を持って歩きだした、実体としてはまだ娘である若い女性なんですね。すべてはまだ可能性であり、どのようにも変わり得る、という流動感が小説の魅力になっていると思います。

私の印象では、今まで男の側から女を書いて来たんだけれども、漱石さんがいよいよ女の側から書いてみた。今までと似たようなパターンの夫婦ではあるんだけれども、女の側から書くと、どういう小説の世界に変わっていくのかなという意欲で書きはじめたんだろうとまず受け取れるんですよね。（P.22）＞

「旧い日本の封建的習俗のようなもの」で、確かに、一般論としてはある。

しかし、「家父長的指向」は、漱石文学には、希薄である、殊に『明暗』には ──── 。意に反して津田は、お延の「芝居行き」を認めざるを得ない。

それは、お延の「意志」の問題だから。津田夫婦の「家」が、「サラリーマンの家」だから。「軍人」と「商家」と「金持」の家は、別として。

津田と、お延の攻防は、お延の勝利に決着する。

縁側で、「高く澄んだ秋の空」を背景に、「あゝ」「好いお天気だ事」を云う、お延の「微かな溜息」の、何んと効

第四十四章

果的なことであろうか。役者が一枚、お延の方が上である。

2

> 「岡本からさういふ返事が来たのかい」
> 「えゝ」
> 然しお延は其手紙を津田に示してゐなかつた。
> 「要するに、お前は何うなんだ。行きたいのか、行きたくないのか」
> 津田の顔色を見定めたお延はすぐ答へた。
> 「そりや行きたいわ」
> 「とう〳〵白状したな。ぢやお出よ」
> 二人は斯ういふ会話と共に午飯を済ました。
>
> （第四十四章）

(一)、秋山公男の、〈『明暗』『明暗』の方法〉（『漱石文学論考 ― 後期作品の方法と構造 ―』所収、桜楓社、昭和六十二年（一九八七年）十一月）に、次の、指摘が、ある。

〈作者漱石は、視点人物の「取かへ」に際して、「男を病院に置いて女の方が主人公に変る所の継目はことさらにならないやうに注意した積」（大正五年七月十八日付・大石泰蔵宛書簡 ―― 括弧内は著者の註記）であると述べている。「女の方が主人公に変る所の継目」とは、具体的には四十四から四十五節への移行を指すが、作者も「ことさらにならないやうに注意した積」という如く、苦心の跡が窺われる。「一人が電話口の前に立つた時、一人は診察室の椅子へ腰を卸した」（四十一）、「彼女の岡本へ掛けた用事がやつと済んだ時に、彼の療治は漸く始まつたのである」（四十二）、「津田が手術台の上で俎へ乗せられた魚のやうに、大人しく我慢してゐる間、お延は又彼の見詰めなければならなかつた天井の上で、時計と睨めつ競でもするやうに、手術の時間を計つてゐたのである」（四十三）。――これらの、同時間内のしかも異空間における津田とお延の対比的叙述は、四十五節以降のお延視点への切り換えを円滑にするための下工作であると見て間違いない。（P.309）＞

第四十五章以降、小説の主人公は、津田からお延に、切り替わる。

お延は、「たゞ一口劇場の名を云つたなり、すぐ俥に乗つた」（第四十五章）。

「お延の車夫」（第四十章）が、「梶棒を握」（第四十章）るのを起点として、『明暗』は、お延の物語に、移行する。


第四十五章から第九十章まで、お延の物語が、展開する。

第九十二章で、津田の「病室」に、作品の舞台は、再び戻る。

第四十四章

初出誌一覧

明暗評釈・一

第一回（上）

「研究論集」第三十八巻、相愛女子短期大学研究論集編集委員会 編

平成三年（一九九一年）三月十日発行

収録にあたり、今回、大幅に加筆した。

明暗評釈　二

第一回（下）

「相愛国文」第六号、相愛女子短期大学国文学研究室 編

平成五年（一九九三年）三月三十日発行

収録にあたり、今回、一部削除、一部加筆した。

明暗評釈　三

第二章（上）

「相愛国文」第七号、相愛女子短期大学国文学研究室 編

平成六年（一九九四年）三月三十日発行

明暗評釈　四

第二章（中）

「相愛国文」第八号、相愛女子短期大学国文学研究室 編

平成七年（一九九五年）三月三十日発行

収録にあたり、今回、一部加筆した。

明暗評釈　五
　第二章（下）
「相愛国文」第九号、相愛女子短期大学国文学研究室 編
平成八年（一九九六年）三月三十日発行
　収録にあたり、今回、一部加筆した。

明暗評釈　六
　補遺（第二章）、第三章～第六章
「相愛国文」第十号、相愛女子短期大学国文学研究室 編
平成九年（一九九七年）三月三十日発行

明暗評釈　七
　第六章（続き）～第九章
「相愛国文」第十一号、相愛女子短期大学国文学研究室 編
平成十年（一九九八年）三月三十日発行

明暗評釈　八
　第十一章～第十八章
「相愛国文」第十二号、相愛女子短期大学国文学研究室 編
平成十一年（一九九九年）三月三十日発行

明暗評釈　九
　第十九章～第二十四章
「相愛国文」第十三号、相愛女子短期大学国文学研究室 編
平成十二年（二〇〇〇年）三月三十日発行

明暗評釈　十
　第二十五章～第二十九章
「相愛国文」第十五号、相愛女子短期大学日本語日本文学研究室 編
平成十四年（二〇〇二年）三月三十日発行
　収録にあたり、今回、一部加筆した。

＊　＊

第三十章～第四十四章　　　　今回、書き下ろし。

「大幅に加筆」「一部加筆」「一部削除」以外は、改稿はない。

但し、読み易くするために、「約物」の変更、「一行アキ」「二行アキ」の導入など、「初出誌」掲載時の「組版」を、変更した。

少なからず、全体の統一を図った。

あとがき

本書は、過去十年間、『相愛国文』に連載したものに、「書下ろし」を加えて、一巻に纏めたものである。各章に跨がる不備、重複、そしてアンバランスは、重々承知の上でそのままにした。第一章、第二章の加筆以外は、最小限の字句の訂正に留めた。

その間、相愛女子短期大学の国文学科も、「国文学科」から「日本語日本文学科」へと名称変更し、しかし此の三月の卒業生を最期に、爾来五十年の「学科」が、閉幕される。その春に、本書を刊行することとなったのも、何かの巡り合わせであろうか、聊かの感慨のないこともない。そのことを、初めに云っておきたい気がまずしている。

春秋は十を連ねて吾前にあり。学ぶに余暇なしとは云はず。学んで徹せざるを恨みとするのみ。

右は、大学を「卒業せる」漱石の、『文学論』序に、吐露せる述懐である。

懐い起せば、春秋を三十連ねてその昔、その頃あった文学部・日本文学専攻の学生研究班の一つである「漱石研究会」は、竹盛天雄個人研究室で持たれていた。其処で、越智治雄の『漱石私論』（昭和四十六年六月）の輪読会を行なったこともある。

昭和四十年代（後半）、漱石の研究は、正鵠にして精緻を、極め始める。『夢十夜』『漾虚集』が脚光を浴び、それまでの漱石研究の総体が、満天に開花した幸福な時期であった。時あたかも大学紛争の真只中、三島由紀夫の自決は、昭和四十五年十一月二十五日の出来事である。漱石研究の「青春」と、時代の「青春」と、そして私の「青春」が、重なったと云えば云えるだろう、その幸福と不幸を思う。

Достоевскийにあらずんば文学にあらず、といった「学部」（周り）の風潮の中で、私一人「漱石」を云っていたように懐う。

京都女子大学国文学研究室での、京都女子大学の先生方並びに院生と、定期的に持った「京都漱石会」のこともある。京都大学出身（の研究）者と、東京大学出身（の研究）者との、漱石理解の遥かな「違い」にも驚かされた。講師としてお招きした、越智治雄、荒　正人の謦咳に接し、独り占めした「幸福」も、懐い出される。

そして、私の漱石研究を語るに、「近代部会」（大阪国文談話会）のことは、是非とも逸せない。相愛女子短期大学国文学科合同研究室で、漱石作品の輪読会が、「近代部会」の名称のもと、昭和三十年代より現在まで、延々と続いている。玉井敬之先生より、私がバトンタッチしてからだけでも、十五年になろうとしている。玉井先生には、漱石に関する仕事も、多く頂いた。此の場をかりて、感謝の意を記したい。

その間、多くの漱石研究者（或いは近代文学研究者）が、「近代部会」に立ち寄った。仲間を、ロシヤ語では「товарищ」と云い、原語には、真に志を同じくするの謂がある。近代部会の、田中邦夫氏、仲　秀和氏とは、折りにつけ漱石を話し続けて来た。仲間（――その同志）が居なかったなら、本書の内容も変わっていたであろう。近代部会の仲間達にも、併せて感謝の意を記したい。

相愛女子短期大学国文学科の、等しく勉強家の「同僚」達の存在も、無意識に、私を鼓舞しているだろう。研究会、学会で出会った先生方、研究者仲間、そして院生の存在も、忘れることは出来ない。逐次、名前は挙げないが、多くの示唆を得ている。

自殺を決意していたGauguinは、死ぬ前に、一枚の大作（人生の総決算として）を制作する。有名な、『D'où venons-nous ?（我々は何処から来たのか）、Que sommes-nous ?（我々は何者か）、Où allons-nous ?（我々は何処へ行くのか）』（明治三十三年）である。

（自殺は未遂に了り、画家は、二年生き延びることになる。）

「Were we born, we must die. —— Whence we come, whither we tend ? Answer !」（明治三十四年「断片」）

と、漱石も、記した。

死の前年の作『道草』（大正四年）こそは、右命題の作品化である。

（「御前は必竟何をしに世の中に生れて来たのだ」『道草』）

果して、作家漱石、その知命五十年の総決算で、『明暗』もあるだろう。

私は、越智治雄の、次の言葉を思い出す。

私は評価というのを全然書けなかったのだけれど、やはり「明暗」がいちばん大事なんです。そしてだんだんなにか —— うまいことばが見つからないのであえていうと、黙示録みたいな気がしてくる。「明暗」のこちらもそうだし、その向こうにあるものも。（座談会・わが漱石像）

本書は、四分冊ものの、第一巻である。

国文学アカデミズムに倣って、「評釈」とした。しかし、その名に値しないことは、本人が一番よく識っている。

『夕鶴』のつうが、羽根を抜いて「織物」を織るように、『明暗』がある限り、私も、身を削って稿を継がねばならない。

『明暗』冒頭肉筆原稿の「写真」掲載に就いては、山縣元彦氏蔵（日本近代文学館に寄託）の、快い承諾を得た。高木文雄氏作成の「図版」転載に就いては、高木文雄氏の、快い承諾を得た。Gauguin の「我々は何処から来たのか」掲載に就いては、ボストン美術館の許可を得、ボストン美術館よりフィルムを借りた。

就いては、各個人、並びに関係機関に、謝意を記したい。

本書の出版をなすにあたっては、和泉書院の廣橋研三氏には、大綱を仰ぎ、適切な教示を頂いた。亦、私の厄介な注文が実現化できたのも、廣橋氏の見識と、ご尽力のなせるところである。此処に謹んで、深謝を表するものである。

尚、本書は、相愛大学・相愛女子短期大学学術研究助成を受けたものである。

二〇〇三年二月十日

鳥井正晴

索　　引

Ⅰ　「本文」に関する索引

（評釈語句・評釈文中より抽出、但し、評釈語句以外より抽出したものがある）

【サ行】

【タ行】

II 「登場人物」に関する索引

（［評 釈］語句・［評 釈］文中より抽出、但し、［評 釈］語句以外より抽出したものがある
津田と、お延は省いてある）

III 「人名」に関する索引

（登場人物・論者以外）

Ⅳ　収録「論者・論文名」に関する索引

【マ行】

著者略歴　鳥　井　正　晴（とりい　まさはる）
1947年　兵庫県に生まれる
早稲田大学文学部卒業
関西学院大学大学院博士課程修了
相愛女子短期大学国文学科教授
相愛女子短期大学日本語日本文学科教授を経て
現在　相愛大学人文学部教授

共編著　『夏目漱石集「心」』（和泉書院）
『漱石作品論集成（第４巻）漾虚集・夢十夜』（桜楓社）
『漱石作品論集成（第12巻）明暗』（桜楓社）

明暗評釈　第一巻
第一章〜第四十四章

2003年３月30日　初版第一刷発行©

著　者　鳥井正晴
発行者　廣橋研三
発行所　和泉書院

〒543-0002　大阪市天王寺区上汐５－３－８
電話06-6771-1467／振替00970-8-15043
印刷　亜細亜印刷／製本　渋谷文泉閣／装訂　上野かおる

ISBN4-7576-0212-X　C0393